モノノケ文庫

あやかし秘帖千槍組

友野 詳

廣済堂文庫

この作品は廣済堂文庫のために書下ろされました。

あやかし秘帖千槍組

目次

●序の幕●

「おめさんたち、どこへ行きなさるね」

正直なところ、老人は、声をかけるのをかなりためらったのである。

昼下がりの、村はずれだ。

老人が、小さな畑の手入れをしていると、彼らが通りかかった。

白羽《しらはね》一座、という幟《のぼり》を立てた大八車を引いているから、旅芸人だというのはわかる。

だが、それにしても、かなり奇天烈《きてれつ》な格好の四人組だったので、かかわりあいになっていいものか、迷ったのだ。

だが、さすがにこのまま進ませるのは、気が引けた。

「峠にゃ行かねえほうがええで」

見ず知らずの相手であっても、むざむざ死地に入ろうとするものを見捨てては寝覚めが悪い。

「はてはて、何がいけねえんですか?」

大八車が止まった。引いていた若い男が振り返る。振り返られて、子供か、と思った。よく見ればそんなことはない、眉と目が垂れ下がってお人よしそうな顔つきなので、年よりずいぶん若く見えているんだろう。

「峠はあぶねえ」

この村に住んで六十年になる老人は、手短に警告だけした。

うかつなことを言って、峠に巣食う化け物に祟《たた》られでもしてはかなわない。

良心はそれで満足したのだが、今度は相手が放してくれない。

「じつは隣の、海比呂藩《うみひろはん》へ参りますんで。御城下で、興行《こうぎょう》を打とうと思いやしてね」

こちらが聞いてもいないのに、若い男がぺらぺら話し出した。

「ほら、これを見ておくんなせえ。白羽一座と申しやす。聞いたこたねえですかい？」

そう言うから幟のことかと思ったら、くるっと回って、はおった法被《はっぴ》の背を見せた。

「知らね」

老人は短く答えた。若い男は身振りも口調も軽薄だが、妙に愛嬌《あいきょう》があって憎めない。

老人の答えがそっけないのは、もとからそういう話し方しか知らないからだ。そして、つっけんどんに思える応対をされても、若い男は、いっこうに態度を変えなかった。

「知らない？　ああ、そうでやんしょうねえ。芸は、我がことながらてえしたもんだと思うンですが、どうにもこうにも宣伝が足りな……あてっ」

木刀《ぼくとう》で軽く頭をつつかれて、若い男は、首をすくめた。

「何が我がことながらだ。おまえの芸など見たことないぞ、黒丸《くろまる》」

磁器の鈴を鳴らすような声でそう言ったのは、大八車のかたわらを歩いていた、すらりとした長身の浪人である。いや、青い派手な着流しの浪人姿だが、若い女だ。長い髪を根結《ねゆ》いにしている。前髪も妙な具合で、右側だけ垂れ下がって、目を覆い隠している。だが、見えている部分の顔だちは、たいそうな美形であった。

女だてらに木刀の扱いは堂に入ったもので、あるいはそれが彼女の芸なのか。

その女剣士に向かって、黒丸と呼ばれた若い男は、子供っぽく口をとがらせた。

「ンなことねえっすよ、蘭《らん》ねえさん。あっしのうぐいすの鳴き真似は、ちょいとしたもんですよ？　知ってるでしょ？」

が、それに返答したのは、蘭と呼ばれた、侍姿の娘ではなかった。

「話がそれてやしないかい、黒丸」

大八車にうずたかく積まれた荷物の上から聞こえてきた声は、耳にした者の背中を柔らかい指先でまさぐるような響きで、老人は、思わずしゃっくりをもらした。声に耳をくすぐられただけで、酒に酔ったような気分になったのである。

大八車の荷物に腰をおろしているのは、声にふさわしい、色っぽい女だった。年増《としま》と呼ぶのはまだ早い年の頃だが、男を惑わす色香は、そこらの商売女も裸足《はだし》で逃げ出そうってものだ。

鳥追《とりお》い風の衣装だが、大八車に乗ったきりで歩くつもりがないせいか、裸足である。赤い着物の裾《すそ》から、ちらりと白いふくらはぎが見えている。

その着物より赤いくちびるが開いて、ふくらはぎより白い歯が、陽に光った。

ちょいと流し目をくれて、赤い着物の女が、老人に向かって、すっと首を傾けた。白いうなじがあらわになって、ほつれ毛がまたなまめかしい。

「この国から海比呂藩へ行くなら、あの峠を越えるのが一番の近道だって聞いたんですけどねえ。違うんですかえ?」

老人は、目の前いっぱいに、その女の真っ赤なくちびるが広がっているような気分になった。何度もまばたきを繰り返す。

「おや、おじさん、どっかお悪いんですかい?」

若い男が声をかけてきて、老人は我に返った。じいさんではなく、おじさん、と呼ばれたことで少し気をよくした彼は、少し長い言葉で返答をした。

「近道には違いねえ。峠ぇ越えたとこに関所もある。けど、近ごろ、出る」

「出るって……これかなんかで?」

黒丸と呼ばれた若い男が、両の手を胸の高さまで持ち上げて、手首から折って、だらんとさげた。

「うんにゃあ、こっちだ」

老人は、頭の左右に手をそえて、人差し指をぴんとのばしてみせた。

「鬼、ってことですかい？」

黒丸が腕を組んで、首をかしげた。素直に信じたりもしなかったが、バカにしているようもない。

蘭と呼ばれた青い着流しの娘は、くちびるの端《はし》をきゅっとあげた。

「おもしろそうじゃないか」

右手一本で握った木刀で、びゅっと鋭く振ってみせた。

「あんたぁ、無茶ぁ言うなあ」

と、老人はあきれたように首を左右にふった。

「おかげで、このごろ、海比呂から行商人が来ねえ。猟師《りょうし》どもも、山に入れねえ」

「なるほど、それでこの先には行くんじゃねえ、と。いや、これはいい話をうかがいやした。ありがとうごぜえやす」

黒丸は、老人に深々と頭を下げた後、色っぽい女の顔をうかがった。

「てことですが、行くってことでいいんですね、お漣《れん》ねえさん？」

お漣と呼ばれた女は、小さくうなずいて言った。

「白羽さまにもご相談さしあげなくっちゃあいけないけど、とりあえず、麓《ふもと》までは行って、ようすを見てみようじゃないか」

「へい」

黒丸が、威勢良くうなずくと、たたっと駆け戻って、大八車の引き棒を持ち上げた。

「じゃあ、ご忠告ありがとうごぜえやした」

黒丸はぺこりと頭を下げ、大八車の上にいる、色っぽいお漣が流し目を投げて寄越《よこ》した。侍姿の娘、蘭は、ふんと鼻を鳴らしただけで、老人を見ることもしなかった。

老人のほうも、もう愛想は口にしなかった。鍬《くわ》を手にして、野良仕事に戻る。

最後に一度だけ、振りむいた。

大八車が遠ざかっていくところだった。

後ろに乗っていた最後のひとりは、まるっきり喋らなかったな、と老人は思った。

薄桃色の着物に、おかっぱというか、きれいに切りそろえられた髪の、人形のような女の子だ。こっくりこっくり頭が揺れている。眠っているようだ。

あの子の名前はわからんかったなあ、と老人はぼんやり思った。白羽さま……という座長らしい名は囁《ささや》かれていたが、あの子のことではないだろう。

……子供が鬼に食われたら可哀想じゃな、もう少し強く、行くなと言うてやればよかったろうか。

頭上の青空で、トンビが鳴いた。

ごとごとゆれながら、大八車が遠ざかってゆく。

その一座を見ることは二度となかったが、老人は、なぜかずっと、彼女たちの姿を忘れることがなかった。

●壱の幕●

「おとしなくすりゃあ、命まで取ろうとは言わねえ！」

金棒を振りかざしながら、鬼の首領《しゅりょう》は困惑していた。

目の前の獲物たちが、いっこうに怯《おび》えないからである。

ここしばらく、仕事はずいぶん簡単なものになっていた。仮面をつけて、衣装をまとい、獲物の前に躍り出るだけで、たいていの相手は、悲鳴をあげて逃げ出した。食わないでくれと叫んで、荷物をほうり出していった。後は拾うだけでいい。若い女なら、追いかけて捕まえることもある。

今日は、はなっから逃がさないつもりで出てきた。

そうしたら、なぜかこの相手はそもそも逃げないのである。

この峠に、人を食う鬼の群れが出る、という噂はかなり広まっているはずだ。広まりすぎて、近ごろ獲物がめっきり減っていたくらいである。

だいたい、本物の鬼かどうかはともかくとして、刃物を持った屈強な男が十人あまりで囲んでいるのだ。それだけで怖がったってよさそうなものではないか。

なのに、大八車の荷物のてっぺんに座った色気の塊《かたまり》みたいな女は悠然と煙管《きせる》なんぞふかしてやがるし、侍の格好をした背の高い娘は、ぼんやり空の雲を追っている。

木刀一本で、俺たちをどうにかできるつもりでいやがるのか。

どうにもこうにも調子の狂う相手だが、鬼の首領は、気持ちをふるいたたせて、脅しを続けた。

「まずは銭《ぜに》か、銭になりそうなもん出しな。それから……」

首領のセリフに、ようやく調子が出てきはじめたところで、大八車を引いていた若い男が口をはさんだ。

「あのう、後学《こうがく》のためにお聞かせ願いたいんでやすがね？　いったい、鬼の旦那がたは、銭を何に使いなさるんで？　こんな山の奥に住んでて、しかも鬼でしょう？　銭の使い道なんざ、ありゃしねえでしょう」

「うるっせぇ！」

ようし、べらべら喋るコイツの頭をかちわって、女どもへの脅しにしよう。

そう思い決めて、鬼の首領は、渾身《こんしん》の力で鉄棒を振りおろした。これまでにも、何人もの頭蓋骨を粉々に砕いてきたトゲつきの鉄棒だ。

「あら、ひどいな、旦那。問答無用ですかい」

けろりとして、若い男が言った。

鬼の首領は、まばたきをしてから、もう一度よく、何が起きているのか見直した。

いったい、いつの間に距離を詰められたのか。若い男は、首領のふところにもぐりこんでいる。

そして、鉄棒を持った首領の右手首を、左手でがっちり受け止めていやがった。

もがいても、まったく動かせすらしない。

顔を真っ赤にして汗をかきつつ、そういえば……と、鬼の首領は、荷物を満載した大八車を見た。

この峠の坂道はかなり急なものだ。たいていの荷物は、馬を雇うか数人がかりで運ぶ。だが、この若僧は、たった一人で車を引いてきた。荷物だけでなく、女まで乗せて。つまり、かなりの怪力だってことではないか。もしかして、自分はなにかまずいことになっているのではあるまいか。

と、首領が思った瞬間、荷物の陰から、ふらりともうひとり姿をあらわした。

薄桃色の、裾の短い着物をまとった、小柄な女の子である。華奢《きゃしゃ》な体格で、まだ十二か三あたりではなかろうか。顔立ちは、人形のようにきれいだった。

人形のようなその娘は、大八車の後ろに腰掛けていたのだろう。そっちを囲んでいた鬼の仲間からは見えていたはずだが、車から地面にひょいと降りたその娘が、首領のほうに近づいてくるのを止めようともしなかった。

止める必要もないだろう。誰だって、こんな娘が危ない相手だとは思わない。

そして人形めいた娘は、数歩先で立ち止まった。とろんとした、まだ目覚めきっていない目つきで、首領の頭のてっぺんを見て、それから爪先まで目線を下ろした。

奇妙に弛緩《しかん》した時間が流れた。

「黒丸にいやん。……ニセもんやわ。ただの人間。……鬼とちがう」

人形めいた娘は、若い男に向かって、上方訛《かみがたなま》りで言った。そして、ふわあとあくびをした。

本物ではないと指摘され、鬼の格好をした男たちの間に、動揺が広がった。

それと同時に、白羽一座と幟の立った大八車とその周囲から三人三様の声があがる。

「わかってるよ、お輪《りん》。からかってたんだよう」

「さすが、お輪だな。ひとめで見破った。えらいぞ」

「ありゃ、お輪ちゃん。目が醒《さ》めちゃったかい。やかましくして、ごめんよう」

なだめるような声が荷物の上にいる、色香の塊のような、赤い着物の女から。

褒《ほ》める声は大八車のかたわらに立っている、青い着流しで、木刀をかついだ娘。

そして、謝《あやま》ったのが黒丸と呼びかけられた若い男だ。

彼らが、あまりに余裕のある態度をとっているのだ、鬼に扮《ふん》した山賊たちの頭に血がのぼった。

「お、おめえら、なめるんじゃねえぞ！」

こうなるとあまり意味はないので、まだ自由になる左手で、首領は鬼の面をはぎとった。まわりは見えづらいし、息苦しいし、不利なだけだ。

面をとったが、目つきの悪さ、顔つきの怖さに、あんまり変わりはなかった。押しこめられていた、もっさりとしたヒゲがあらわれる。

「鬼じゃねえだ？　おうおう、勘違ぇするな。鬼ってのは、俺らのあだ名だ。泣く子も黙る、鬼の忠太《ちゅうた》一味たあオレたちのことよ！　てめえら、やっちまえ！」

「まかせろ、兄貴！」

山賊どもが、一斉に鬼面を捨てる。ほとんどのやつらは、首領ほど怖い顔はしていなかった。連中は、首領の窮状《きゅうじょう》には、まだはっきりとは気づかず、女ばかりとなめてかかっている。

「てめえら、たっぷり泣かせてやっから、覚悟しろよう」

頬に向こう傷のある山賊が、どうやら副首領格のようだ。大八車の上にいる色っぽい女にも、侍姿の娘にも、華奢な子供にすぎない眠そうな女の子にまで、平等に下心《したごころ》いっぱいの視線をそそいでいる。

下卑《げび》た笑いを浮かべて押し寄せる山賊どもの前に、侍姿の娘が進み出た。男どもの誰より上背がある。手足もすらりと長い。

「いい度胸だなあ、賊ども」

右半分を前髪で隠した顔が、不敵《ふてき》に笑った。

「かかってこいよ。手加減してやるから」

男口調で言い放って、彼女は手にした木刀を地面に突き立てた。どん、とにぶい音が響いた。

真剣ではない。木刀である。動作は軽かったが音は重く、木刀は切尖《きっさき》三寸あまりを大地にめりこませて、手を放しても微動だにしなかった。

柔らかな、耕された土ではない。踏み固められた固い地面だ。

好色さで目を曇らせ、突き立った木刀が意味することに気づかぬまま、男たちが嘲笑《ちょうしょう》をあげ、口々に下品な罵声《ばせい》を浴びせる。

「なめんじゃねえ、ひょろでけえだけの小娘が！　すぐひんむいてやる」

「ひゃははは！　股座《またぐら》に妙なもんはついてねえだろうな」

男たちの下劣きわまりない態度に、侍姿の娘は、周囲の空気を冷え冷えしたものに変じさせた。

文字通り、彼女の足もとに霜《しも》がおりたのだ。

「……これだから人間の男ってやつは度《ど》し難《がた》い」

ことさらに『人間の』とつける意味はわからずとも、娘が一向に怯えず、自分たちを侮《あなど》っていることは、山賊たちにもわかった。

「手足の一本二本もらって、いたぶってやるぜ！　おい、殺すなよ！」

傷痕の男が吠えた。男どもが、手にした鉈《なた》や斧《おの》を振り上げ、侍姿の娘に殺到する。

「蘭ねえさん、殺しちゃダメっすよ。自分で手加減するって言ったんだから」

「……ったく」

黒丸の呼びかけに舌打ちひとつ返して、蘭と呼ばれた侍姿の娘は、左手を柄から放し、顔の右半分を覆った髪を払った。あらわになった顔は、壮絶なほどに美しい。壮絶、という印象を与えるのは、氷のように青い右目だ。

その目が、冷ややかに山賊どもを見つめた。

侍姿の娘は、同時に形のいいくちびるをとがらせた。形はいいが、色はあまりよくない。青ざめたそのくちびるから、ひゅるうとかすかな風が流れ出た。

「うおっ？」

「なんだこりゃ？」

山賊たちがつんのめる。その足もとが、凍りついていた。

季節はまだ夏の終わりというのに、氷が、彼らの足を戒《いまし》めていた。そもそも、たとえ冬だったとしても、足もとだけが瞬時に氷に覆われて、動けなくなるなどということがありうるか。

「がっ！」

「ぐっ！」

動きを止めた男たちのもとへ、蘭が躍《おど》りこんだ。

三人までは、反応する間もなく、殴り倒され、気を失った。四人めは、鉈を振りかざして防ごうとしたが、まず武器を叩き落とされ、その後なすすべもなく鼻を潰《つぶ》され、顔面を真っ赤に染めて意識を吹き飛ばされた。

「おめえ！　なんだ、その拳骨《げんこつ》？　まるでお化け……！」

五人めは、頬に傷のある副首領だ。驚きに目を丸くして、避けることも忘れていた。首がぐるんと回転する一発を喰らって、副首領も意識を刈り取られた。

その刹那、である。

山間に銃声が轟《とどろ》いた。

蘭は、悠然と振りむいた。

銃声の理由を悟っているからだ。

蘭のすぐ背後に、小太りで禿頭の男がいた。

禿頭の男が、頭上に振り上げた大刀が、なかばでへし折れている。銃声は、その刃《やいば》を砕いた弾丸を発射したおりのものだった。

蘭の拳《こぶし》が、男の顔面に向かう。

小太りの男は、とっさに後方へ跳《と》んだ。小太りながら、動きは素早い。足運び、目配り、ともに一流の剣客のものである。一味の用心棒だろう。

一流の証《あかし》に、ただ逃げただけではない。後方へ跳躍しつつ、手裏剣《しゅりけん》を一つ、いや二つ、銃撃の主《ぬし》へと飛ばしている。

さらに銃声が二つ重なった。間髪入れず、手裏剣が銃弾にはじかれる音が聞こえた。平静だった小太りの表情に、はじめて動揺が浮かんだ。

蘭に据えたままだった視線が、ちらりと、大八車に山と積まれた荷物の上に向かう。

「にいさん、いい腕だけどね。相手が悪かったね」

にやりと笑ったのは、色香の塊のような女。

左右の手に、火縄式の短筒《たんづつ》を持ち、さらにもう一丁が太ももの上に置かれている。

小太りの男が、片方の眉をあげて示した疑問は、どこから出した、であった。

ついさっきまで、女は手ぶらだった。一丁くらいなら、どこかに隠してあったのかもしれない。だが、三丁となると。腰の下の荷物から取り出したか？　けれど、荷物は分厚い布に覆われていて、取り出した痕跡はない。

疑問に気をとられていたのは、ほんの半呼吸ほどの間だったが、それだけあれば、蘭は追いついてくる。

小太りの男も、素手《すで》の戦いであっても、それなりの覚えはあった。だが、蘭の膂《りょ》力《りょく》と速度は圧倒的であり、さらに彼女には、その二つの要素を使いこなす戦いの技《ぎ》倆《りょう》があった。

受け流すも逃れるもならず、数手の打ち合いで、小太りの男は地に伏した。ただ、手加減されていたとはいえ、問いを口にする余裕を残したのは、他の山賊より図抜けた武術の腕を持っていたからだろう。

男が問うたのは、蘭の身ごなしについてである。

「……その技、陳元贇《ちんげんいん》の流れを汲む、唐国《からくに》の拳法か……」

「そのさらに源流。達磨大師《だるまだいし》が伝えた天竺《てんじく》拳法」

という答えを聞いて、男は気を失った。

「蘭ねえやん、黒丸にいやん、まだかぁ？」

ちょっと骨のあるやつもいたな、という顔でたたずんでいた蘭の背後から、ちょっとすねたような声がかけられた。

「すまんすまん、いま片付けてやる。捕まえててくれて助かったよ、お輪」

蘭は、無造作に振りむいた。

いま倒したのは副首領と用心棒をあわせて六人。首領を黒丸が押さえて、あと四人、配下が残っている。

そいつらは、ぴくりとも動かず、棒立ちのままだった。

「別にたいしたことやないって。……ふわあ」

お輪と呼ばれた、人形めいた小さな娘は、あくびを嚙み殺した。

その細い指の先から、糸が伸びている。絹《きぬ》に似ているが、それよりもさらに光沢があって、そして強靭《きょうじん》である。

大の男が、要所をその糸で巻かれただけで、ひきちぎることもできず、身動きを封じられていた。

武器をかまえて進み出ようとした、その一瞬に捕らえられたものだろう。四人をまとめて、糸で絡めとる技の冴えは、ただの少女のものではない。

無造作に近づいた蘭が、きっちり一発ずつで、男どもを気絶させてゆく。どいつも、まず半日は目覚めるまい。

「お漣も、ちょっとは働いたらどうだ」

途中で一度手を止めて、蘭が、じろりとにらんだ。

「あたしじゃあ、殺しちまうからねえ。まかせるよう」

荷物の上で、お漣はけだるそうに手を振った。その手にあったはずの短筒は、既にどこかへ消えている。

「てえわけで、鬼の忠太さんとおっしゃいましたかねえ。ふつうの人なら、鬼じゃなくて山賊でも、やっぱり怖がるんでしょうが」

黒丸が、目と眉のたれさがった童顔で、くっくっくと笑った。首領は右腕を自由にしようともがいたが、やはり、ぴくりとも動かない。

「あいにくだけど、あっしらはふつうじゃあないもんでしてね」

黒丸は、手首を握った左手に、ぐっと力をこめた。

首領は、太いトゲつき鉄棒を、右腕だけでも軽々操れる。手首だって、そのへんの娘の太ももくらい太い。

その手首が、目の前にいる人形めいた娘の手首と同じくらい細くなった。

「ぐげぎああ」

耳障りな悲鳴が、首領の口からほとばしった。

「おい黒丸、お輪の前で、あんまり血なまぐさいことはよせ」

蘭が顔をしかめる。だが、当のお輪は、平然として首を左右にふった。

「だいじょうぶや。もうさんざん見てる。見たいわけでもないから、寝るけど」

あくびを嚙み殺したお輪は、目を閉じて、蘭によりかかった。

「それでねえ、忠太さん。ちょいとばかり聞かせてほしいことがあるんだけどね?」

はるか上から、お漣が声を投げてきた。

右の手首をつぶされた忠太は、痛みで満面に脂汗《あぶらあせ》を浮かべ、かくかくとうなずいた。

「素直に話してくれるんなら、ありがたいよ。あんた、どうして鬼に化けようだなんて思ったんだい？」

「……と、隣の国だ。海比呂じゃあ、本物が出る。だからだ」

山賊の首領、忠太の言葉に、白羽一座の四人は、そうだろうと、まるで予期していたように、そろってうなずいた。

「隣の国で本物が出るって話があるから、みんな信じるだろうって、そう思ったのかい？　妖怪《ようかい》だって信じさせれば仕事が楽になるからって」

お漣の問いかけは、優しく耳をくすぐるような響きだった。

「ああ、そうだ。けど、妖怪話は、ただの噂じゃねえ。俺も見た。確かにあれは、修《しゅ》羅《ら》の樹《き》の生き物だった」

「修羅の樹？　誰か聞いたことあるかい？」

「このへんにだけ伝わってる、森に住むってぇ化け物ですよ、お漣ねえさん」

すらすらと黒丸が答える。

「アンタが言うなら、そうなんだろうねえ」

細いおとがいに手をあてて、お漣が考えこむ。蘭によりかかったままのお輪が、そのようすを見上げて、ぽつりと言った。

「また、漣ねえが考えるふりしとる。どうせ行くんやんか」

「そりゃ行くけどね。ふりだけじゃないよ。いろいろ考えといたほうがいいんだよ」

お漣が苦笑《にがわら》いをした。そして、もう一度、忠太に顔を向ける。お漣が微笑《ほほえ》むと、忠太は、手首の痛みを忘れたようで、とろんとした顔つきになった。

「あんたのほかにも、妖怪を見たって人は大勢いるのかい？」

お漣が尋ねると、忠太は、深々とうなずいた。

「いるいる。見たって化け物も、いろんな種類がいらあ。狼《おおかみ》の群れとかドロドロの人間とか、海で船を沈めるでけえ魚だとか……」

「へえ。そうなのかい。よく知ってるねえ、すごいね。で、そいつらは、いつごろから出始めたんだい？　きっかけみたいなものはなかったのかしらね？」

「ううん……ちょっと待ってくれ……」

お漣と話すうち、忠太はどんどん素直になっていくようである。真剣に考えている。

「前の殿さまが、病気で急におっ死んだ時、かなあ。いまの殿さまはまだ子供で、江戸表から戻ってきたばっかりでよう。考えてみりゃあ、あのへんからだ。もしかして、殿さまが死んだのも何かの祟りだったのかもしれねえ」

「ありがとよ。面白い話を聞かせてもらったよ」

お漣が目くばせすると、蘭が忠太の背後に回って、首筋を一撃し、気絶させた。

「こいつらは、麓まで運んで、縛っておきな。高札《こうさつ》でも立てときゃ、役人が拾ってくだろうさ。その間に、あたしらは、先に海比呂に入っておくから、あとで車引いて追いついてきな」

「やっときなって……、お漣ねえさん、あっしひとりで運べってんですかい？」

黒丸が、自分を指差しながら、情けなさそうな顔つきになった。

「そういうのがあんたの役目だろ。よいっと」

お漣が、ひょいっと車のてっぺんから飛びおりる。それから、お輪を見て、優しく微笑んだ。男たちに向けていた蠱惑《こわく》的なものではなく、慈母のような笑みだ。

「歩いて峠をくだるのは、ちょいと骨かもしれないけどね、眠くなったら、お蘭に背負ってもらいいな。あんたは、あたしらの切り札だからね」

お輪は、こっくりうなずくと、手をのばして、蘭の手を握った。続いて、お漣の手もとる。

「では、頼んだぞ、黒丸」

蘭にも言われて、黒丸はしゃあねえなあと頭をかいた。

「お気をつけて行ってらっしゃいまし。すぐにあっしも追いつきます」

●　弐の幕　●

「ギュガッガ、ギュガギガ、ガンギョウ」

「修羅道《どう》、修羅の樹、参上……と申しておりますじゃ」

まず、奇怪な唸り声をあげたのは、着物をまとわされた樹木である。枝が腕のようで、根っこが脚《あし》のようで、幹のうろが顔に見える。

そいつの唸《うな》り声を、人の言葉に直したのは、逆立つ白髪の間から狼《おおかみ》の耳を生やした、奇怪な老女である。

「畜生道《ちくしょうどう》、弥三郎婆《やさぶろうばば》も参上つかまつっております」

とつけくわえて、老女は深々と頭を下げた。いや、もともと腰は深く曲がっているので、たいして動くわけではない。

海比呂藩お国家老、立花内膳《たちばなないぜん》の屋敷、その庭にしつらえられた離れである。

座敷はかなり広々と作られているが、修羅の樹だけで、ほぼいっぱいだ。

修羅の樹の根が広がっている、その上に、異臭を放つ黒茶色の塊がよどんでいた。

表面に穴ができて、震える。

「餓鬼道《がきどう》、泥田坊泥庵《どろたぼうでいあん》、来たれり」

異形の三妖怪、その正面に座っているのは、威風堂々たる武士であった。羽織姿で、きちんと膝をそろえ、背を伸ばしている。年の頃は五十そこそこというところか。鬢《びん》のあたりに白いものはまじっているが、衰えは感じられない。

「人間道《にんげんどう》、立花内膳である」

重々しい声で、言った。

「点呼終了じゃ。天道《てんどう》と地獄道《じごくどう》は、今日の会合には来ぬ」

「またでございますか」

狼耳の老女、弥三郎婆が、ぽつりと言った。

「そうじゃ。いつものごとくじゃ。地獄道は海を守り、天道は大いなる術の支度《したく》を整えておる。だから来ぬ。いまさら、不平を言うでない」

怒るでも叱るでもなく、淡々と内膳は告げた。弥三郎婆も、悪びれるでもなく、平然としている。

内膳は、羽織の紐《ひも》をきゅっとしごくと、あらためて口を開いた。

「さて、五日に一度の会合じゃが、みなの報告を聞こう。変わったことはあるか」

「この婆が率いる九百九十九頭の狼どもはなんの障《さわ》りもございませぬ。これまで人間に追いたてられた分、今は人間どもを追いたてる側にまわり、たいそう喜んでおりますじゃ」

いつのまにか、弥三郎婆の尻に、狼の尾が飛び出している。それは、嬉しげにパタパタと左右に揺れていた。

気づいているのかいないのか、内膳は生真面目な表情を毛一筋も動かさず、深々とうなずいた。

「それでよい。追われる恐ろしさ、民にたっぷり味あわせよ。しかし、くれぐれも、命を奪うのは、どうしてもやむをえぬ時のみとするのじゃぞ。死んでしまえば、我らの願いの役には立たぬ。殺さずに苦しめることこそ、肝要じゃ」

「承知しております。狼どもにも、死んでしもうては、人間どもが抱く苦しさや辛《つら》さを吸い上げることかなわぬぞと言い聞かせております」

「うむ。わかっておればよい」

続いて、内膳は、修羅の樹へと目を向けた。

葉をざわつかせ、枝をこすり合わせて、修羅の気がふたたびギィギィと奇怪な音を立てる。

「こやつのほうも、森の奥に、人どもを戦わせ、血を流し憎み合う修羅の地を作るたくらみ、うまく進んでおるとのことにございます」

弥三郎婆が人の言葉にして伝えると、修羅の樹は、さらにギィギィと奇怪な音を立てた。

「内膳さまに講じていただいた手だてのおかげで、斬り合いに血を滾《たぎ》らせる、ちょうどよい者どもを集めることができた、と申しております。しかし、戦《いくさ》の森を血に染め、憎しみで沸き立たせるには、強き侍は、いくらいてもよいもので」

「ふむ、左様であるか」

内膳は、ぎゅっと羽織の紐を握って、しばらく考えこんだ。

「あいわかった。明日か明後日にも、またひとり参ろうぞ」

おのれの情を殺した、有能な官吏の顔つきで言った。

修羅の樹が、ざわざわと枝を揺らした。喜んでいるのか、急《せ》かしているのか、弥三郎婆は、人の言葉にはしなかった。

内膳も、特に聞きたいとは思わなかったようだ。続けて、泥田坊と名乗った泥の塊を見た。感情のない、磨《みが》いた石のような目だ。

泥の塊の表面で泡がはじけて、言葉を発した。

「……田は我が物にて。今年は飢饉。我が分体ども、噂で憎しみを煽《あお》っておる」

しばし笑った後、泥はふたたび沈黙する。

内膳は、それに応じて口を開いた。

「よかろう。飢えは、何より人の心を卑《いや》しくする。生かさず殺さず、恨ませ憎ませ、その感情を年貢《ねんぐ》のごとく搾《しぼ》り取るのじゃ。胡麻《ごま》の油と百姓は絞れば絞るほど出るとはよう言うたもの。人はいじめればいじめるほど、不平不満を正しき相手ではなく、ぶつけ易きにぶつけるものじゃ。妬《ねた》み嫉《そね》みは上に向かわせず、弱い隣人に向かわせよ。天地人修羅餓鬼畜生の六道《ろくどう》をこの海比呂に顕現《けんげん》せしめよ」

何かを読み上げるような淡々とした口調であったが、眼前に控えた三妖怪を圧倒する気配が、内膳の周囲にたちこめていた。

「さすれば、この地に満ちる負の想念が、六道合一《ごういつ》の大儀式をなしとげられるだけ溜まる。かの儀式は、世を我らが望む形に変えるもの。おぬしらの望みは、この海比呂の国を、妖怪の楽園とすることであろう。そのために、みな、はげめよ、はげめ」

内膳の言葉に、弥三郎婆が頭を下げる。泥田坊の泡がはじけ、修羅の樹がガサガサと揺れたのも、同じ気持ちからであろう。

――と、内膳が、いきなり立ち上がった。

つかつかと歩んで、閉ざされていた障子《しょうじ》を勢い良く開く。

開《あ》けた右手が、直後にはねあがって、おのが右顔面を覆った。

「誰もおらぬか……」

障子の向こうは縁側であり、さらに向こうは庭である。つい先日までは、よく手入れされた美しい庭であったが、今は廃屋のそれのように草木は伸び放題で、石灯籠《いしどうろう》は崩れ落ちている。

藪《やぶ》のひとつが、がさりと動いたが、右手が右半面を覆っていたため、それは内膳の目にとらえられなかった。

「……若い娘の匂いがいたしますぞ」

弥三郎婆がそう言って、でろりと、長い舌を垂れ下がらせた。顎《あご》からヨダレが垂れている。

「母屋から、我が娘の匂いでも流れてきたのであろう。あれは……いざという時に使わねばならぬゆえ、まだ食うな。しょせんは、ただの娘じゃ、案ずるに及ばぬ」

そう言う間、内膳の顔は不自然な痙攣《けいれん》を見せていたが、どうやら当人は気づいていないらしい。人間とかけ離れすぎている修羅の樹や泥田坊は、はなから気づくわけもなく、弥三郎婆も、湧き上がった食欲をなんとかするため、ここを離れることに気をとられていた。

「さて……では、おのおのはげむがよい。六道合一、妖怪天下のそのために」

表情を落ち着かせた内膳が、重々しい声でそう告げると、三体の妖怪は、虚空に溶けこむようにして、その姿を消した。

見送った後――。

内膳の表情に、苦渋の色が浮かびあがった。

「民《たみ》よ……。辛抱せい。命はとらぬ。その苦しみも、みなこの海比呂の国のためぞ。……辛抱じゃ、辛抱じゃ……。これもみな、若殿のためなのじゃ……」

●参の幕●

海比呂藩は、越後《えちご》の一角にある、譜代の小藩である。石高《こくだか》は三万だが、海の幸山の幸に恵まれ、豊かな国であった。

領主である山室《やまむろ》一族は、三代将軍家光《いえみつ》によってこの地に移封されて以来、善政を敷いてきた。

だが、この地に満ちていた幸せの笑いは、この数ヶ月で怨嗟《えんさ》と嘆きの声に変わってである。

しまった、という。

「……そうは見えないがなあ」

谷あいの村を見おろして、蘭がつぶやいた。

峠を越えて領内に入り、またひとつの山を越えて、くだりにさしかかったところで

山を覆う木々が開けて、街道の先にある村が一望できた。

そこで、足を止めている。

「のんびりした風景だし、飢えてるようすもない。よさそうな村じゃないか」

なるほど、蘭の言う通りの見かけである。

谷あいで、田こそ少ない。だが、斜面に広がる桑畑と家の作りを見れば、養蚕《ようさん》が盛んであることはわかる。そして、その養蚕で、かなりの利益を得ているのだろうということは、この夕刻にたちのぼる、煮炊きの煙の数でわかるではないか。

蘭がそういう意味の言葉を口にした。

すると。

「……へえ、あんたは仁徳《にんとく》天皇かえ」

お漣がまぜっかえした。だが、蘭には、その意味がわからなかったようだ。

「それ、どういうことなん？」

　蘭の代わりに尋ねたのは、お輪である。お輪が相手では、お漣も、昔話をする母親めいた口調で、丁寧に説明してやらざるをえない。

「大昔の偉いお人の話さ。煮炊きする煙が少ないから、みんな、貧しいだろうって、年貢を取らないことにしたんだと」

「はっ。上に立つ人間にそんな思いやりがあるわけない。嘘に決まってる。誰に聞いたんだ、そんな話」

　蘭が鼻を鳴らす。お漣は苦笑いを浮かべた。

「本で読んだのさ。こう見えても、昔のあたしん家《ち》には、いろいろ古い本があったんだよ。金持ちで、祖父さんが学者気取りだったからねえ」

「学者ねえ。てえよりも、単に年の功ってやつだろ、お漣。本で読んだなんて言ってるが、ひょっとして、その時代も生きてたんじゃないのか？」

「言ってくれるじゃないか、蘭」

　男相手にかもしだす色香はどこへやら、お漣は、姐御肌《あねごはだ》の口調で言った。

「こっちを年長と敬ってくれるんなら、いざって時は、あたしの指図に従ってくれるんだろうね？　先月の事件の時みたいに、先走ってヤクザの頭をかち割ったりすんじゃないよ」

「……ったく、ああいえば、こういいやがって……」

蘭は、頬をふくらませた。中性的な美貌が、そういう表情をすると、ずいぶん子供っぽく見える。

「せやけど、あれは、蘭ねえがああしてよかったん。ほっといたら、ザシキワラシはひどい目におうてたし」

訥々《とつとつ》とした口調で、お輪が割って入る。

「ありがとな、お輪。おまえは、ほんとにいい子だな」

蘭が微笑み、お漣が苦笑したところで、唐突に烏《からす》の鳴き声が聞こえた。

「あたしだって間違ってたと言ってるわけじゃないさ。もうほんのちょっと待てば、稼ぎをほうり出して逃げ出さずにすんだろうってだけだよ」

お漣の表情が引き締まり、蘭が顔を輝かせ、お輪の眠そうだった目が見開かれる。

「白羽さま……」

お輪が、顔をあげて、空をきょろきょろと見回した。

ばさばさと音を立てて、一羽の烏が、三人の前に舞い降りた。

すぐ近くにあった地蔵——たぶんそうだ。風雨にさらされてただの石柱にしか見えないが、赤いよだれかけだけは新しい――の頭にとまる。

お漣と蘭が、きびきびした動作でひざまずいた。お輪もあわててそれにならう。

「楽にしてよいのだよ、我が美女たち」

烏が嘴《くちばし》を開閉させると、若い男の声が、そこから流れ出た。

声だけで、さぞかしいい男なのだろうなと思わせる、爽《さわ》やかで澄んだ、そしてどこか人を安心させる響きの声だ。若いが、包容力のある声、とも形容できる。

「どうやら、無事に海比呂には入りこめたようだね、さすがはきみたちだ」

「おまかせください！〈妖《あや》かし守《も》り〉にその天狗《てんぐ》ありと知られた千槍白羽丸《ちやりしらはねまる》さまの名を、穢《けが》すようなことはいたしません！」

蘭が、はりきった顔で返事をした。憧れの人に出会った少年のような表情だ。

「お褒めいただくのは嬉しいんですけどね、白羽さま。まだ、人里にたどりついたわけでもありませんしねえ。この子らが調子に乗ってしまいますから、ほどほどに」

「ははは、さすがはお漣さんだな。頼りにしているよ」

「恐れ入ります」

微笑んで頭を下げるお漣に、蘭が、悔しそうな目を向ける。

「もちろん、頼りにしていることでは蘭とお輪も同じなのだけどね。黒丸以外は」

「まだ、追いついてけえへんのや、黒丸にいやん」

烏からの声が黒丸についてふれると、お輪が、少し不満そうな声で言った。不満というよりは心配しているのだろうが、口を、むうっとへの字に曲げていると、怒っているようにしか見えないのだ。

「やれやれ。しょうがないやつだな。まあいいよ。あいつには、後でまた話すとして……どうだい、海比呂藩は」

お漣は、自分ではあえて答えず、蘭をうながした。

張り切った表情で、蘭が口を開く。

「見た目は、ごく平穏です。遠目に村をひとつ見ただけですが、何もおかしなところはありません。しかし、隣国で聞いた噂では、妖怪が暴れ、あちこちを荒らしているとのことでした」

「山賊のおっちゃんも、そう言うてた」

お輪が補足する。

「白羽さまが、海比呂藩に向かえとおっしゃられたのは、この噂を調べるためだったのでございますか？」

お漣が、すっと背をのばし、烏と目をあわせた。

「そうなのだ。先走った思いこみがないようにして、まず国に入ってもらい、素直な目でようすを見てもらおう……と思っていたのだが、そうもいかなかったようだな。私のほうで集めた噂でも、この国は容易ならぬことになっているようだ」

「どんな噂なん？」

お輪が、小さく首をかしげた。

「妖怪に呼びかける噂だよ。人間に遠慮して隠れることはない、海比呂藩は妖怪の楽園となる、いまのうちにやってこい、というものだ」

「おやまあ、そんなこと許しちゃおけませんねえ」

お漣の口調は軽いが、眼光は鋭い。

「あたしたち千槍組の仕事は、妖怪と人の住み分けをきっちりすることです。そいつを乱そうってやつは、放っておけません」

お漣の言葉に、お輪が、蘭へと視線を投げた。

「もちろん、妖怪が好き放題に暴れられる、妖怪の楽園なんて話が本当なら、お仕《し》置《お》きしてやらにゃならないさ。でも、人間にいじめられて、ここへ逃げこむような妖怪だっているかもしれない。そういうやつらを守る楽園なら、これは考えどころじゃないか。そうだろう」

蘭が言うのを聞いて、お輪は、お漣を見て、それからあらためて、白羽さまの言葉を告げる烏を見つめた。

かくんと首を傾ける。

白羽さまの言葉を待っているのだ。

「もちろん、真実がどちらなのかを調べてもらうために、きみたちに、海比呂の里に入ってもらったのだよ。どちらでもないかもしれないしね」

おだやかな白羽さまの言葉にうなずいたお輪は、とことこと、烏がとまった地蔵の真下に移動して、そうだ！ とばかりに胸をはり、ぐるりと仲間二人を見回した。

お漣も蘭も、これには苦笑いするしかない。

「人間と妖怪が、互いを滅ぼすようなことにはなって欲しくない。妖怪と人間の、どちらでもあるきみらであれば、正しく対処できるだろう。けれどそのためには正しい知識が必要だ。まずは、楽園という言葉の真意を調べ、妖怪たちがどう考えてこの海比呂を訪れているのか、突き止めてくれたまえ」

聞いたな、というふうに、お輪がふたたびぐるっとお漣と蘭を見回した。

「いいから、そろそろこっちへ戻っておいで」

お漣に苦笑いされて、お輪は、烏の下から、仲間二人の真ん中の位置へと戻った。

「では、何かあったら、黒丸に預けた人形を通じて知らせてくれ。必要なものがあれば、この矢太秀《やたひで》に届けさせよう」

烏が、本来の声で、カアと鳴いた。

「もちろん、いつでも私はきみたちを見守っているがね。くれぐれも気をつけるのだ。きみたちが美しく、強く、賢いのはわかっているが、くれぐれも油断なく……」

ばさばささと羽音を立てて、烏が、宙に舞い上がる。

お輪はさよならと手を振り、蘭は名残惜しそうに見送り、お漣はさっそく考えこんでいる。

烏の姿が消えたところで、お漣は、蘭に向かって切り出した。

「さて、これからの調べはどうしたもんかね。妖怪からも話は聞きたいとこだけど、簡単には出てきてくれないだろうしね」

「なら、まずは妖怪に狙われやすい人間を見つけて、こっそり見張っていればいいだろう。いずれ妖怪が出てくるはずだ」

お漣は人間贔屓《びいき》、蘭は妖怪贔屓の傾向があるが、それで対立するような仲ではない。

妖怪と人間と、それをへだてる境界を守り、争いをおさめることが、彼女らの仕事だという意味のことを、さきほどの会話は告げていた。

そして、彼女らが妖怪でも人間でもある存在だと。

表の顔は、旅芸人の白羽一座。けれど裏の顔は、妖怪のもめごとを解決する、〈妖かし守り〉の千槍組。

その呼び名はどちらも、彼女らに指令を下す、天狗の若大将千槍白羽丸からとられている。

お漣と蘭は、短い相談でまずは眼下の村におりて、旅芸人として噂に耳を澄ませることに同意した。

「要するに、いつもと同じことやろ?」

お輪がまとめて、三人は、峠道をおりはじめた。

● 四の幕 ●

「ねえ、ちょいとお尋ねしますけれど、この先の村の名は、なんと申します?」

お漣は、道端で休んでいた行商人風の男に、そう質問をした。

山をおりて、道が二股に分かれている。峠から見下ろした村のほかにも、もうひとつ別の村へ道が通じているようだ。

お漣が尋ねたのは、むろん、峠から見えた、谷あいの村のほうである。たいていの場合、お漣がものを尋ねると、男たちはでろりと鼻の下を伸ばして、聞いていないことまで教えてくれる。

ところが、今日は勝手が違った。

行商人風の男は、何気なく声の主であるお漣に向き直り、そしてぎょっと目を見開いた。

「あのう……もし？」

お漣が言葉を重ねても返事はない。菅笠《すげがさ》のてっぺんから、足袋《たび》のつま先まで、二度ばかり往復させただろうか。行商人風の男は、はじかれたように立ち上がり、一目散に走り去ってしまった。

「なんだよ、ありゃあ」

むっつりとつぶやいたのは、蘭である。前髪の隙間から、眉間に、短いしわが一本、浮かんでいるのが見えた。

「あかん。おっちゃん、商売物まで忘れてはる」

お輪は、行商人が背負っていただろう荷物が、まだ道端に置かれたままであることに気がついた。

「届けてあげへんと、困りはる」

あどけない舌足らずな声でお輪が言い、蘭をじっと見つめた。荷物はかなりの大きさで、小柄なお輪では手に余る。

「おい、黒丸」

なにげなく呼びかけてから、蘭は、荷物かつぎの黒丸が、彼女たちより遅れていることを思い出した。ひとつ、小さく舌打ちをしてから、腕一本で軽々とかつぎあげる。

「しょうがないな。どうせ、行く方角は同じなんだしな」

そう言って、にかっと笑い、お輪の頭をなでてやる。お輪は、くすぐったそうに首をすくめた。

「そうだけどねえ。行商人の兄さん、どうして、あんなふるまいをしたのかねえ」

蘭の態度が晴れやかになったら、今度は、憂いがお漣に伝染《うつ》った。

「捕まえて尋ねてみればいいだろう」

「あんたも、たいがい豪気《ごうき》だねえ」

お漣が、ため息をつく。それを、蘭はからからと笑い飛ばした。

「親父のほうの血筋だろうなあ。天竺は広いらしいから、どうしても大雑把《おおざっぱ》になる」

「あたしが、せっかく豪気って柔らかい言い回しにしてやったのに、自分で言っちまうもんじゃないよ」

お漣が苦笑いし、蘭の笑いがますます大きくなる。二人の間を歩くお輪も、にこにこ笑っている。たまにあくびをしているけれど、これはいつものことだ。

のんびりと歩く艶っぽい美女、男装の美女、そして、眠そうな美少女。この三人の行く手に、目指す村が見えてきた。

緑の合間に点々と、豪勢とはいえないがみすぼらしくもない、いたって特徴のない家が建っている。

が、見えたのはそれだけではない。

まっすぐ道を進んだその先に、もうもうと巻き起こった土煙《つちけむり》が、段々とこちらへ近づいてくる。

「ありゃあ……」

「……村の衆《しゅう》だねえ」

蘭とお漣の目と耳は、常人よりそれなりに優れている。とびきりいいのは黒丸だが、彼はいまここにいない。

「そうなん？　村の人が走ってきてはるん？　……ほんまや」

お輪の五感は、並みの娘と変わらない。そのお輪にも、はっきり見分けのつく距離になれば、お漣と蘭には、表情までわかる。

「怯えているのかしら」

「いきりたってやがるな」

二人同時に言って顔を見合せた。

ここで待ち受けることにした。

村の男衆が、およそ二十人ばかりか。みな、殺気だっている。

「おい、おまえら、化け物の仲間だそうだな？」

いきなり決めつけて、三人を睨《にら》みつけてきた。

鍬や鎌《かま》を持ったその男たちの間に、さっきの行商人がまじっている。

「あ、おっちゃん。忘れ物やで」

お輪が行商人を見つけて、呼びかけた。蘭がさげている荷物を、とんとん叩く。

ところが行商人、うわずった声でこう言った。

「お、おれの荷を盗みやがったな！」

村人の衆がざわついた。

お輪は、ぷうっと頬を膨らませた。顔がまん丸だ。

「盗んだりせえへんもん……」

「せっかく届けてやろうとしてたのに、ずいぶんなことを言ってくれるじゃないか」

蘭が険《けわ》しい表情になり、腰にたばさんだ木刀の柄に手をかけた。

「およしよ。お互い、何か勘違いしてるだけじゃないかえ」

苦笑いを浮かべかけたお漣が、そっと蘭の手を押さえる。菅笠をとって、ものやわらかにお辞儀をした。お漣が、あでやかな笑みをふりまくと、途端にそこに満ちていた剣呑《けんのん》な気配がやわらいだ。

「どうしたんです、いったい。か弱い女子供三人に、たくましい男衆が、どのような御用なんですかねえ」

艶然とした微笑みを浮かべつつ、よく聞けば言っていることは辛辣《しんらつ》である。

「か弱い女子供?」

男たちの誰かが言った。

「悪かったな、こんななりで。あいにくだが、わたしは女だ。ひとりくらい、こういうなりをしてないと無用心だろう」

やや低めの声ではあるが、それを聞いて、そして左半分だけとはいえ美しい顔だちを見れば、疑うものはいない。男たちは、いささか恥じ入ったようすを見せた。

だが、おとなしくなった男ばかりではない。

「だまされちゃいけねえぞ、みなの衆。隣の村で、今年の収穫を全部持ってっちまったのは、赤い着物の女だったって、おらあ確かに聞いたんだ！」

村の衆の背後に隠れて、行商人の男は、声ばかり威勢がいい。

お漣、蘭、お輪は、すばやく視線を交わしあった。

村に入る前に、海比呂藩で暴れている妖怪たちの噂をつかめそうである。

村人を蹴散らすのは簡単だが、ここはうまく言いくるめて、話をくわしく聞く算段をするべきだろう。

「なんの勘違いをなさってるのかわかりませんが。あたしら、旅芸人の一座でしてね。本当なら、大八車に幟を立てて、音曲奏《おんぎょくかな》でてにぎやかにお邪魔するところなんでございますが、あいにく、車が遅れておりましてねえ」

おっとり落ち着いたお漣のかたわらで、いかにも無邪気なようすのお輪がこくこくとうなずき、それから大きくあくびをしてみせた。

蘭は、ぐっとこらえて後ろに下がっている。威《おど》すなら自分の役目だが、たらしこむならお漣の仕事と、きっちりそこはわかっているのだ。

「さあて、困った。この女の人は、赤い着物だがなあ。悪い人には見えねえぞ」

村の若者のひとりが、ううんと唸った。一転して、同意の声があがる。

「さっき言ってらした隣の村って、なんのことです？」

ここぞとばかりにお漣が尋ねると、行商人がまた声をはりあげ邪魔をした。

「とぼけるんじゃねえ。ここらで知らねえヤツがいるものか！　やっぱりこいつら、化け物の仲間だ」

行商人から罵声を浴びせられても、お漣は、顔色ひとつ変えない。おっとり微笑むばかりである。こうなると、村人の男たちも、拳を振り上げにくくなった。

「あたしらは、峠を越えてきたとこですけど、そっちの村じゃあ、何の騒ぎもなかったですよう？」

お漣は、小首をかしげ、かすかに開いた赤いくちびるの横に、細く白い指を置いてみせた。こうすると、口もとのほくろがさらに目だって、艶《つや》っぽさが強まるのだ。

狙った通り、男たちの間に弛緩した空気がただよった。

「峠の向こうは隣の国だから知らないのも無理はねえ」

「おらたちだって自分の目で見たわけではねえからな」

「うちのじさまは、ご城下に届け物に行った時、戦疋狼《せんびきおおかみ》の話を聞いたそうだぞ？」

「聞いただけで、見たわけではあんめえ」

これといって特徴のない村の男たちが、口々に言う。その言葉の中に、ようやく、ひっかかるものを聞きつけた。

「せんびきおおかみ？　千匹もおるん？」

お輪が首をかしげる。愛らしい仕草に、男たちの空気がまたなごむ。

「千匹いるのかもしれないが、戦に出てるみたいに、賢く動くから『戦』と『千』をかけてある、とも聞くねえ。そういえば、率いているのは婆さん狼と聞いたよ。美人に化けるのかもしれないやね」

そうそう、自分たちも、そんな噂を聞いていると、男たちの気はゆるんできたのだが、しかしその時、彼らの気持ちをがらりと変える一事が訪れた。

「あんたたち、何を鼻の下のばしてんだい！」

村の女たちが、大挙《たいきょ》してやってきたのである。その先頭に立っていた、ひときわ太い腕の女が、男たちをかきわけて前に出てきた。驚いたことに、丸太をかついでいる。こんなものを持って走ってきたのだから、人間としてはたいしたものだ。

「狼を引き連れてた女ってのは、たいそうな美人で、男をたらしこむのがうめえって話だったじゃないか。ほら、この女に違いないよ。無駄に色香があふれかえって、白《おし》粉《ろい》臭くってしょうがねえべ」

太い腕の女がいきりたって言うと、ほかの女たちも、そうだそうだと包丁《ほうちょう》や鍬を振りかざした。太陽の光を反射して、ぎらぎら輝いている。

田でも畑でも、男たちと同等に働いている女たちである。腕力でもひけはとらない。

「よしよし、おかみさんたち、旦那たちが言いくるめられるとこだったよう。よく来てくれたもんさね。まちがいないよ、この口のうまいのが、赤い着物の女だ」

行商人の男が、泡でも吹きそうなようすで言い募った。ここまで言いきってしまうと、いまさら、ひっこみもつかないだろう。

「てえことだから、とっつかめえて、役人につき出してやるべえ」

太い腕の女が、ぐふふと笑った。女が、じろっと視線を投げると、村の男たちもしゃっきりと背をのばした。

「役人なんぞ、頼りにならねえ。おらたちでぶっちめてやるべえ」

そんな物騒なことをわめき出した男もいる。多くの者はしぶしぶといったようすではあるが、先頭に立っている何人かは、かなりのやる気だ。

「やれやれだなあ。おい、お漣。なんで、あんた、赤い着物にしたんだよ」

蘭が、お漣の脇腹を肘《ひじ》でつついてささやいた。

「あたしゃ生まれてすぐのおくるみから赤なんだよ。どこのどいつか知らないけど、そっちがあたしの真似をしたんだろうさ」

お漣は、切れ長の目に険《けん》をためて言った。

「……しょうもないこと言うてる場合ちゃう」

お輪が、蘭とお漣の後ろに隠れて、そっと二人を前に押し出した。小さな体とはいえ、化け物や荒くれ相手の荒事なら恐れることはないけれど、ふつうの人間と話したり交渉したり、といったことは不得手なのだ。

村の女たちは、男たちを引きずって、三人のまわりをすっかり取り囲んでいる。後ろのほうにいる行商人は、得意顔だ。

「……どないする？　逃げるんやったら、にゅう坊を呼ぶで？」

お輪が、自分の胸を軽く押さえた。そのふところで、何か小さなものが動いた。何かが隠れている。

けれど、お漣は、小さく首を左右にふった。

「そうだねえ。できれば、村が襲われたって話を、もうちょっと詳しく聞きたいところだから……ねえ、そこのおかみさん？」

「狼は、狐《きつね》と同じくらい頭がよくて舌が回るぞ。だまされちゃいけねえ」

また行商人が邪魔をする。蘭が睨みつけると、そいつとの間に、太い腕の中年女が立ちはだかった。いや、まだけっこう若いのかもしれない。

「ごちゃごちゃうるさいよーっ！」

女は、容赦なく、蘭の頭めがけて丸太を振りおろしてきた。まったく無茶をする。いきなりここまでするとは思っていなかったので、蘭は、反射的に行動していた。腰から木刀を引き抜いて、迎え撃ったのだ。

木刀の先端が丸太に触れる。それだけで丸太は引き裂かれて、粉々に砕け散った。見た目はなんの変哲もないが、霊木から作られた銘刀である。

腕を本来の形に戻すよりは、これを使ったほうがましだと、蘭はとっさに判断していたのだが、ここまで派手なことをしてしまうと、多少の配慮は意味がない。いままで、半信半疑だった村人たちの目に、はっきりとした恐怖と、それから怒りが浮かぶ。

「ちょいと蘭？　あたしの赤い着物がなんだって？」

「そんなこと言ってる場合じゃないだろ」

お漣のからかいに、蘭はむっつり答えた。

ここは逃げるしかないか……と思ったその時だ。

「待った待った待ったーっ！　お待ちあれーっ！」

という大声とともに、土煙を巻き起こしながら、荷物を満載した大八車が、駆け込んできた。

「黒丸のにいやん！」

お輪が、ぴょんと飛び跳ねた。

「いまごろ来て、どうしようというんだ」

蘭が、苦々《にがにが》しい声で言う。

「女を懐柔するなら、あいつの仕事じゃないの」

お漣がふふっと笑った。蘭が、ますます顔をしかめる。

村人たちも戸惑《とまど》っているところへ、割って入って互いの中央に、大八車をぴたりと止めた黒丸は、満面の笑みを浮かべて進み出た。

「やあやあやあ、お待たせいたしました！　これはこれは、端野《はたの》の村のみなみなさま、あっしらの芸を見てくださるため、お集まりいただいて、恐悦至極でございます！」

旅芸人とは世をあざむく仮の姿――ではあるが、まるきり全部嘘でもない。

妖怪がらみの事件が起きておらぬ時は、ちゃんと芸をして銭を稼ぐ。

客寄せ口上が、黒丸の仕事だ。彼の声はよく通る。

村人たちは、すっかり気を呑まれていた。行商人だけは口を開こうとしたが、その瞬間の呼吸を読み取って、先んじて黒丸が声をはりあげた。

「ご覧下さい、ご一同！　関八州《かんはっしゅう》にその名も高き、旅芸人の白羽一座。されど、されど、その裏稼業は、なんと山犬《やまいぬ》退治！　はいご覧あれ」

芝居がかった仕草で、黒丸が、幟の先を指し示す。

つられて村人たちがそちらを見て、どよめいた。小さな悲鳴もあがった。

そこに、狼の生首が飾られていたからだ。

「なんだ、えらく手回しがいいじゃないか」

蘭が、不機嫌そうに囁いた。

「白羽さまのご指図で。あれも矢太秀が」

短く素早く黒丸が返事する。

「なるほど。それはそうだろうな」

いきなり蘭は相好《そうごう》を崩した。白羽丸の配慮だ、と言えば、彼女は疑わない。

「さあてさて、我らは白羽一座。怪力無双の剣術使い、武芸十八般なんでもこなす雪村蘭之丞《むららんのじょう》さまの達人技はお見せしました。続きまするは、重みを消すのも自由自在、飛んで回って操って、お輪嬢ちゃんの軽業《かるわざ》でございます。さあ、お願いしますよ。あの山犬の頭、もそっと高くへかかげてください」

「ふあーい」

あくびと区別のつけづらい返事とともに、ふっとお輪の姿が消えた。跳躍、というか、指先から伸びた糸を幟に巻きつけ、それを頼りに登ったのだ。伸ばすも縮めるも、自由自在の糸である。

もちろん並みの人間である村人たちに見破れるはずもない。

お輪は、幟の上にすとんと立った。細い竹の棒が、いくら小柄とはいえ、女の子ひとりを支えても、ほんのわずかにたわんだだけだ。が、村人たちは、それこそが芸なのだろうと納得している。

そして、お輪が、恐れ気もなく狼の首を高々とかかげた。

「しめくくりは、白羽一座の座頭代理、お漣姐さんの水芸《みずげい》とございます」

お漣がにっこり笑って、いつのまにかとり出していた、三味線《しゃみせん》をひとくさり、にぎやかにかき鳴らす。

「いよーぅ、はっ！」

狼の首をバチで指差してみせると、山犬の口と両耳から、弧を描いて水がびょうっと噴き出した。山犬の頭をお輪がくるくる回す。時ならぬ雨だ。わあっと声をあげて村人たちが、水のかからぬところまで逃げる。

「この技、この芸をもちまして、山犬退治もいたしますれば、どうぞ村への逗留をお許しくださいますよう」

黒丸とお漣が頭を下げて、あわてて蘭とお輪がならった。

おおっと歓声をあげ、真っ先に手を拍《う》ち鳴らして歓迎したのは、あの太い腕の女であった。もちろん、村人に逆らうものはいない。

あの行商人は、いつのまにかひっそり姿を消していた。

●五の幕●

「もちろん、お役人には頼んでみたべ」

と、お栄《えい》は言った。あの、腕の太い女である。その太い腕の中には、いまは五歳くらいの女の子がすっぽりおさまっている。お栄の娘だった。

お栄は、村の長《おさ》の娘で、近在でも評判の剛力だそうな。誰やらの土産《みやげ》という一勇斎《いちゆうさい》国芳《くによし》の浮世絵「近江《おうみ》の国の勇婦於兼《ゆうふおかね》」が壁に貼りつけてある。剛力は自慢らしい。

それ以外に豪胆さや気風《きっぷ》の良さでも名をはせており、一度、悪党ではないと見極めれば、胸襟《きょうきん》を開くのは早かった。こうして家に招いて、食事をふるまってくれた。屋敷というほど大きくもないが、土間《どま》あたりに泊まってもよいと言ってくれる。

父をさしおいて、村を取り仕切っているのは、彼女のようだ。この家に、白羽一座がやってきた時も、小柄で人の良さそうな庄屋は、挨拶にちらりと出てきただけだ。婿《むこ》も出てきたが、いかにも影が薄かった。いまだって、膳《ぜん》を並べて食事をしているが、まるで口を開かない。

雑穀がほとんどの飯に、漬物、そして白湯という質素な夕餉ではあったが、誰一人、文句はない。そもそも、粥《かゆ》ではなく歯ごたえがあることを、ありがたがるべきだろう。この家の下働きたちが、ほとんど湯のような粥ですませているのを、かいま見ていた。近隣の評判では、絹の生産のおかげで、このあたりは貧しくはないはずなのだが。

飯はすんだが、白羽一座もお栄も、まだ眠りにはついていない。

既《すで》に、とっぷりと日は暮れている。

行灯《あんどん》などといった贅沢なものはない。明かりは、囲炉裏《いろり》の炎だけである。

その炎を囲んで、村の事情を聞いているのだ。

化け物が村々を襲っているというのなら、どうして役人に退治してもらわないのか、そう尋ねてみた返答が、とりあってはもらえなかった、というものだった。

「狼退治なんてえのは、お侍のするこっちゃないとさ。自分らでなんとかしろちゅうんだべ」

お栄は、憤懣やるかたない、という表情で、火箸《ひばし》をぐさりと灰に突き刺した。

お輪が、びくっとしてお漣にしがみつく。揺れた炎に照らされたお栄の顔が怖かったらしい。お栄の腕におさまった幼女が、きゃっきゃと笑う。

お栄の言葉に、口をはさんだのは黒丸である。

「あっしの聞いた噂じゃ、この海比呂は、藩主は頼りないけれど、その分お国家老の立花内膳さまがしっかりしてなさるという話でしたがねえ。民百姓《たみ》にもお優しいと評判でしたぜ？」

「そいつぁ、去年までのことだべ」

お栄は、ぐるぐると灰をかき回した。火の粉が散って、熱さの苦手な蘭が、じりりと後ろにさがるが、もちろんお栄は気がついていない。

「先代のお殿さまが亡くなっちまってから、ご家老はすっかり変わられたってえのが、もっぱらの評判だべ。結局、いくら頼りなく見えても、殿さまは殿さまだった、ちゅうこったね」

「けどですよ？　いまだって、跡継ぎの殿さまがいらっしゃるでしょうに？」

黒丸が重ねて言うと、お栄は首を左右にふった。

「若君は、江戸から戻られたばっかだし、そもそもまだ七つとか八つとかだからよう、なんでもご家老さまの思い通りなんだべさ。今年は年貢も一気に引きあげられた。そこへもってきて、この化け物騒ぎだべ。狼が襲ってるってだけじゃなくて、他にも変な話があんだよう。このままじゃ、えらい騒ぎになるかもしれねえべなあ」

騒ぎが起こるとしたら、先頭に立っているのはこのお栄ではないかと、白羽一座の四人は同時に考えたが、誰もそれを口には出さなかった。

「なるほどねえ。妖怪の跳梁と、私腹を肥やす悪家老のたくらみが、たまたま重なっちまったわけですかい。そりゃあ、海比呂も大変ですなあ」

黒丸が、心底同情してますよ、という口調で言うと、お栄は、ぐっと身を乗り出してきた。

抱かれていた幼女が、母の腕を抜け出す。

お輪が、そっと座からずれて、相手をしてやった。

子供が遊んでいる間に、お栄は、声をひそめてこう言った。

「ここだけの話だけどもさ。そいつは、たまたまじゃないかもしれないんだべ」

お栄の顔には、怯えと怒りが同居している。

「と、いいますと？　妖怪が暴れ回っているのと、ご家老の心変わりとは、なんぞかかわりがある、と？」

「あんた、いいカンしてんねえ」

お栄が、黒丸の肩をがっしりつかんだ。その力強さに、黒丸が顔をしかめる。

「噂じゃ、ご家老があぁなっちまったのは悪い妖怪にとり憑《つ》かれたせいだって。……そんなことがあるもんかどうか、あたしゃ知らねえけんどもさ」

「ありますよ、妖怪に憑かれるってことは。それまでの生き方とがらっと変わっちまうってことはね」

お漣が応じた。

なるべく軽い調子で、言葉を続ける。

「妖怪ってのは、人の怖いと思う気持ちが凝《こご》って生まれてくるもんです。実の体があるようでない。ないようである。人が、妖怪にはこんなことできるんじゃないかと信じれば、できるようになるんですよう」

お漣が言うと、蘭が後を続けた。

「それもそうだがな。憎しみや恐れからだけではない。好きだって気持ちや何か恋うる気持ち、ありとあらゆる強い想いが妖怪となるのだ」

「へえ、そういうもんかい。あんたら、妙なことを知っとんだべな」

お栄は、とりたてて疑念を持った、というわけではない。何気なく相槌を打っただけだ。けれど、お漣と蘭は、やや言い過ぎたかと口ごもってしまった。

人の想いが凝って形となり、そして『闇《やみ》の世《よ》』と呼ばれるこの世の外側から、そこにただよう力が想いの形にそそぎこまれて、妖怪たちは生まれてきた。

そういうふうに、妖怪の先達《せんだつ》から教えられてきた。

妖怪同士が、あるいは妖怪と人が交わって子をなすこともあるから、すべての妖怪が、人間の想像力から生まれるというわけではないか。

こういった話は、妖怪だけの秘密ということではなく、妖怪の実在を受け入れる者の間では、ごく普通に口にされることだ。

なので、つい気軽に話してしまったわけだが。

妖怪であろうと昼間、疑われたばかり。口をすべらせて、また疑念をもたれてはたまらない、そういう警戒の気持ちが先に立つ。

お漣と蘭が口をとざして、さて、黒丸、ふたたびの出番である。

「我々、旅芸人でございますから。あちこちで、いろいろな方のお話をうかがいます。ご本をたくさんお読みのご隠居さまですとか、学者の先生ですとか」

さらりと黒丸が言えば、そもそもたいして気にしていたわけでもないお栄だ。

「まあ、難しい理屈はよくわかんないけどさ」

流してくれた。そう難しいことでもないとは思うが。

「まあしかしね、妖怪が、恐えって気持ちかそれとも他のどんな気持ちから生まれたかなんてのも、どうでもいいことだべ。いい人だったご家老さまを悪人にして、あたしらを苦しめるってんなら、化け物どもが憎らしくてあたりめえさね」

火箸を摑《つか》んだ手に力がこもる。お栄は、それをぐーっとへし曲げてしまった。それから、ふっと我に返って、照れくさそうな笑いを浮かべた。

「……てな話をしていたところへ、妖怪女が出たっ、なんて知らせがきたもんだからさあ。あんたら、脅かして悪かったね。明日は、村の連中に気晴らしさせてやってくれるべえよ」

「そいつは任せてくだせえ。村のみなさん、あんな笑顔にしてみせまさあ」

黒丸がそう言った先では、お栄の幼い娘であるおしげが、手を叩いて喜んでいた。娘が出してきた、鳥をかたどった笛に、お輪が糸を巻きつけて操っている。はじめ、鳥の笛は床を歩いていた。餌をつつく、にわとりの仕草だ。

おしげが、きらきらした目で、お輪を見上げる。

お輪は、ちょっと眠そうな目でうなずいて、それから、ひょいっと跳んだ。太い柱に両足を巻きつけて、みずから宙吊《ちゅうづ》りになる。それだけでも、おしげは目を丸くしていたが、さらにお輪が、糸で吊るした鳥笛《とりぶえ》で、雀《すずめ》や烏、鷲《わし》に鷹《たか》の動きを演じわけると、頬を紅潮させて感心しきりだ。

「ちゅごい、ちゅごいべ、おねえたん」

回らぬ舌で、おしげは、お輪をほめたたえた。

「……おねえたん。……うちが、おねえちゃんなんか……」

その呼ばれ方が気にいったのだろうか。口の中で、アメのように言葉をころがした。

お輪は、おしげが望むまま、鳥笛をいつまでも飛ばしてやった。

そんな二人のようすにお栄や屋敷の者たちが目を奪われている隙に、蘭は、曲がった火箸を手に取って、まっすぐに戻した。

お漣と黒丸は、それに気づいて、そっとうなずいた。

お輪も、そのようすは見ていた。

曲がったことは、正さねばならない。それが、千槍組の誓いだ。

お栄は、子供が喜ぶように目を細めていて、まるで気がついていない。

「今日は気分がいいや。みなも呼んでおいで、とっておきの樽《たる》を開けようじゃないか」

そのお栄の言葉に、それまで黙っていた婿がうなずき、立ち上がった。下働きの男女が呼ばれてくる。

その間に、お栄は振り返った。口もとをほころばせている。

「あたしらが、ぴりぴりしていたせいだべなあ。おしげが、こんなに楽しそうなのも久方振りだべよ。頼むよ、みなにも苦労を、ひととき忘れさせとくれな」

白羽一座の四人が、そろってうなずいた。こちらは、妖かし始末の千槍組ではなく、旅芸人白羽一座としての約束だ。

だが、千槍組の誓いと異なり、こちらの約束は、守られることはなかった。

●六の幕●

みなが眠りについて、夜が明ける直前のことである。

どんどんと、村長の家の戸が激しく叩かれた。

真っ先に目覚めたのは、土間にゴザを広げて眠っていた白羽一座の一同である。

いや、いまは千槍組としての出番だ。

「てえへんです！　出ました！　出ました！」

「どうなせえやした」

と、戸を開けた時、おおよそのところを黒丸たちは既に察していた。

逃げ惑う悲鳴が聞こえ、かすかにきな臭い香りを嗅いでいたからである。

「どうしたんだい?!」

だが、白羽一座ほど鋭い感覚の持ち合わせがないお栄や村長たちは、戸惑うばかりである。寝ぼけまなこで出てきたお栄に、すがりつくように、知らせをもたらした村人が言った。

「出たンですよう、戦疋狼があ！　火を、火をつけやがった！　畑も田もむちゃくちゃだあ」

「ちょっとお待ち、どういうこったい、それは。あんた、しゃっきりおし。狼が、火をつけたって言ってるのかい？」

けだものは炎を恐れるもの、たとえ妖怪であったたって……と、誰しも考える。

「それが、それが、こう口に、があっと。その、あれは、火が」

説明しようとして、村人はすっかり錯乱している。

お栄のほうも、あたふたしてしまっている。

見かねて、黒丸が、割って入った。

「なんにしたって、村のあちこちで火の手があがってんのはまちげえありやせん。まずはそいつをなんとかしねえと。狼がいるのもまちがいねえ」

　鳴き交わす吠え声もまた、あちこちから響いている。まるで、戦におもむく将《しょう》が、兵に指図をするがごとき、整然たる吠え声だ。

「どうしよう。なんぞ刃物《はもの》を」

　あわてるお栄に、お漣が落ち着いた声で忠告した。

「うかつに持ちなれぬ刃物なぞ持つと、互いを傷つけかねません。いま、みなさんが持つのは、火を消すための道具。荒事は、おまかせくださいましな。お忘れですか、あたしら、山犬退治なんですよ？」

　お漣は、きりっとした笑みを浮かべた。蘭とお輪とも目を見かわす。

「ここからは、ただの白羽一座じゃあない。千槍組の出番だよ」

　ふわりと三つの袖がひるがえって、舞い散る白い羽無数。地へと落ちたるその前に、いずこの闇へか溶け去り消えて、気づけば四人の髪飾る、羽が変じて、あたかも槍の、かんざし一輪そろいの印。

　お漣のくちびる、さらに赤く鮮やか。

　蘭の前髪、つややかに伸びてたなびき。

　お輪、その袖裾《そですそ》まくり、すらりと手足むき出して。

黒丸、影に沈みて、美女らを見守る。

「来たっ、来た来たっ」

誰が気がついたのか、うわずった声があがった。もう既に、村長や婿、下働きの男衆女衆も起き出して、家の前に出てきている。

みなが集まったそこを目指して、揺れる炎が近づいてくる。三つ、四つ、五つ、六つ。赤々と燃える松明《たいまつ》を口にくわえた狼だ。濃い薄いさまざまな茶の毛皮に身を包み、大きなヤツは子馬ほどもあろうか。

ぶるうんと首をふりまわすと、松明から火の粉が散った。炎に照らされ、その姿、確かに並みの獣《けもの》ではない。

これはまさしく妖獣《ようじゅう》だろう。

六匹の妖獣が、立ち尽くす村人たちへ迫りくる。

だが、まだ遠い。まだ余裕がある。

「落ち着け。ここは、わたしにまかせて。みなは、火消しの用意をするがいい」

迎え撃とうと、するするっと蘭が前に出た。

「くれぐれも、人間のできることの範疇《はんちゅう》でお願いしますぜ」

黒丸が、蘭の耳元でささやいた。

「わかってる。正体をさらして、これ以上、妖怪を怖がられてはかなわんからな」

蘭が手にしているのは、触れただけでお栄の丸太を粉々にした、妖木刀である。寿命三千年の妖怪樹から削りだされた一刀だ。

これを以《も》って打ち据えれば、雑魚《ざこ》の妖怪ごとき、一撃で戦う力をなくす。また、多少の不思議は、この木刀が霊力をそなえており、と言えば言い訳もでき、蘭自身が妖怪の力をそなえているという事実も隠せる。

だがしかし、迫り来る妖獣の前に、ふらふらっと出てきた、小さな影がひとつ。中くらいの影がもうひとつ。

「おしげっ！」

お栄が、幼い娘の名を呼んだ。

「おさよっ」

呼ばわったのは、下働きの老人である。呼ばれたのは孫娘だ。おしげの子守役である。まだ十にはならぬ。

二人の幼い娘が、連れ立って、厠《かわや》へ行っていたのである。おそらく、おしげがもよおしたのだろう。厠は、汲み取って肥《こえ》として撒《ま》くのが楽になるよう、母屋から離れたところに作られている。

その厠から出てきたところに、炎をくわえた狼の群れ。何が起こっているのか、子供らがとっさに悟れるはずもない。逃げることも思いつかず、呆然と立ちすくむそこへ、殺到する狼の牙。

(……どうする、一人二人ならば喰うてもよいと)

(……婆が申しておったのう)

(……柔らかそうじゃ、うまそうじゃ)

(……ならばこやつらでよかろうさ)

その声が耳に届いたのは、黒丸だけであった。

一行のうちで、彼はもっとも鋭い耳を持つ。黒丸もまた、妖かしの血を引く者であり、並みの人が持たぬさまざまな力を持つ。村外れで、三人が村人に囲まれていた時の状況を把握できたのも、この耳のおかげだ。

聞こえたからには、警告を発さねばならぬ。

「子供を喰らうつもりですぜ！」

「わぁってる！　人間だって、子供は死なせねえ！」

蘭は、すでに走り出している。だが、蘭の駿足をもってしても間に合わぬ——。

であるがゆえに、お輪が飛び出した。

「お輪ちゃん！」

黒丸が叫ぶ。お輪が振り返る。

懇願の目。

見捨てさせるな、と。

「そりゃ、あたりまえでござんすねえ」

黒丸が、しょうがないかと肩をすくめた。

「ははは、しっかりやんな、お輪」

お漣がぴたりと、救われるべき娘たちを指差した。

お輪が、弟分を呼ぶ。

「にゅう坊っ！」

呼び声に応えて、ぽおんとお輪の胸もとから飛び出したのは、直径二寸に満たぬ、小さな車輪だ。

それがくるくると空中で回転する一瞬に、さしわたし三尺あまりの車輪になった。

村長一家が、救いを求めて集まってきていた村人たちが、どよめいた。

「平気、この子は危ないことない……ッ！」

妖怪輪入道《わにゅうどう》の赤ん坊、にゅう坊は、お輪の弟分で、大きな助けになってくれる。

「うちの芸は速い。見逃さんときや……ッ！」

軽業披露と同じ微笑みを浮かべて、お輪が宙に舞った。

とおんと彼女が着地したのは、巨大化した車輪の、その車軸から真横に突き出た、短い棒の上である。重さも消せる軽業師たるお輪の面目躍如。これは、彼女の妖力でも輪入道の妖力でもない。鍛錬である。芸である。

ぎゃぎゃぎゃっと唸りを上げて、車輪は超高速で回転した。

突き出た棒の反対側、軸のところに、大きな瞳がひとつある。それが決然と見開かれ、風より早く稲妻に近く、土煙すらついてゆけぬ速さで転がって、狼どもと子供たちの間に割って入った。

ぎゃうん、と悲鳴がひとつ。狼が吹き飛ばされたのだ。

そのまままきゅいんと音を立て、輪入道は、狼の群れに切りこんだ。たたっと群れが後ずさる。それを隙だと見てとって、お輪がその身をわずかに振れば、重心移動が意思疎通。輪入道のにゅう坊、一瞬にして切り返し、幼女と少女の元へ行く。

お輪が手をさしのべて、幼いおしげを救いあげた。だが、子守のおさよを助けるより早く、残った五匹の狼どもが、ぶんと首を振っていた。宙に舞ったは五本の松明。くるくる回りつつ、炎が少女へ襲いかかる。

少女を救おうとすれば輪入道の動きが止まる。止まれば狼が牙《きば》で裂く。おのれと幼女と少女と輪入道と、いずれの身を捨てるか、それをお輪が問いかけられた時。

「よく時を稼いだっ！」

だんと飛びこむ蘭の姿。まだ距離はある。まだ木刀は届かぬ。だが、炎に対してであれば策はある。

蘭は顔の右半分を隠す髪をはねあげた。あらわになった右の目は青い。

それが、ぎらりと光った。

「これこそ、わたしが父母から授かった力だ！」

蘭がくちびるをとがらせると、びょう、っと冷たい風が吹きこぼれる。

「おおっ⁈」

事態を見守っていた村人たちが、さらなる驚愕の声をあげた。

炎が消えた。五本すべてが、ただの棒に変じる。くるくる回って飛んできたとて、ただの棒であれば、お輪でもはたき落とすは造作もない。

村の衆には、なぜ火が消えたかまではわからない。落ちた松明に、白い霜がおりていることまでは、月明かりでは見てとれぬ。

これでお輪は、そして幼女少女は無事か。いや違う。まだ気は抜けぬ。狼の牙が、ぎらり。月光をはじく。天にふたつ、地にふたつ。飛翔するのと這うがごとくに柔らかな幼い肉に迫るのと――。

「あと一匹は……!?」

自らの凍風を追って、狼どもの牙爪の渦中に蘭が飛び込むのと――。

「おいで!」

腰を抜かして座り込んでいた、おさよという少女の手を、お輪が握るのと――。

それがほとんど同時のことで。

次の刹那。

ぎゃんっと悲鳴をあげて、宙に跳ね飛ばされた狼が二頭。これはすでに首がへし折れ、絶命している。蘭の技倆と力であっても、手加減できる相手でも状況でもない。

右手で振るったのは妖樹の木刀。

左の敵は、数倍に大きくなった拳で。

まったく同時に襲いかかった二頭を倒すには、これしかなかった。

「また怖がられちまうな」

ちょっと悲しげなぼやき。

まだ敵はいる。

だが、地を這った二頭の咬撃《こうげき》は、わずかに遅れていた。

これへの対処は余裕がある。

ただ、宙を跳んだ二頭の背後に隠れていた最後の一頭を、お輪が糸で絡めとってくれなければ、ちょっとまずかったかもしれない。

「気ィ抜いたらアカンで、蘭ねえやん」

お輪は、指先から強靭な糸を繰り出すことができる。さらにその糸を自在に操る。強靭といっても、絞り上げて肉を断てるほどの強度ではない。だが、動きを止めるには充分だ。そこへ、蘭の打撃が叩きこまれる。

空中の第三の狼を捕らえて蘭に殴らせて、それと同時にお輪は、少女と幼女を我が身に糸でくくりつけていた。輪入道が地面を削る音をきゅきゅきゅきゅと立てて、子らの親もとへ馳せ戻る。

その音を背に聞きながら、蘭は、妖樹の木刀で、地を滑り寄ってきたうち、右の一頭の背骨を砕いていた。巨軀の、恐るべき敵であった。

もう一頭、地から迫ってきた左のほうの狼は、蘭のもとへは来なかった。糸に縛られ殴られて、地面に落ちた一頭のもとへ。

（兄者！）

駆け寄ったのは雌狼《めす》、兄妹であったようだ。蘭は、黒丸ほど鋭い耳を持たない。だが、声なき獣の声を、いくらか聞き取ることはできる。

(兄者、しっかり!)

糸で縛られ逃げられぬ敵相手。それでは、蘭の一撃も鈍ったものとなってしまう。

まだ息がある。

蘭は静かに近づいた。妖樹の木刀を口もとに持ってきて、しばらく考え——青い右目を光らせた。

氷でもって鋭い刃を作りあげ、木刀にはりつかせ、それを一閃。

糸が断たれて、はらりと落ちた。

「兄妹、か。……一度だけ見逃してやる。もしふたたび人里を襲うことがあれば、きっとわたしに知れるぞ。その時は容赦しない」

妹狼はそれに否も応も返さず、兄狼を引きずって、去っていった。

「甘いな、わたしも」

そうつぶやいて、蘭は、狼の兄妹を見送った。

蘭は、一仕事終わったとほっとして、お輪たちが戻っていったほうを見やった。

ぎょっとした。

蘭の視線が向かったそちらは、ずっと延長してゆけば、村の外にあたる。

無数の炎が、松明の明かりが、長い長い横一列に並んでいた。

まさに戦疋狼だ。

蘭は走った。村長の屋敷の前、お栄やその父や夫らがたたずんでいる。救い出されたおしげとおさよは、それぞれ親の胸のうちにある。いつしか、他にも多くの村人が、助けを求めたか、とにかく頼れる相手を探したかして、集まってきていた。

人は集まっていたが、その集団からぽつんと離れているのが三人。お漣と黒丸、そして輪入道をふところに戻したお輪だ。子供たちを救い出してきたとて、感謝をされているわけでもない。

そして、蘭が戻ってきて、村人たちはよりいっそう離れた。

しかし、いまは村人たちの態度をどうこういっている場合ではない。

おぞましい遠吠えが鳴り響き、炎の線が津波のように動いた。

数え切れないほどの松明の火が、迫ってくる。

近づいてくる。

襲ってくる。

無数の赤い点は、口にくわえた松明の炎ばかりではない。

餓えているのか、猛っているのか、血の色に瞳が輝いているのである。

先ほどの五匹はただの先遣。これが本隊だ。

村を蹂躙《じゅうりん》し、人を駆逐するであろう群れ。

個々の狼は、蘭たちに敵することは適わないが、数においてこれだけ勝れば、さすがに村を守ることは難しい。

と、なれば——。

「あたしの、出番かしらねえ」

と、つぶやいて、お漣は、あたりの村人たちをぐるりと見た。口もとのほくろを人差し指で隠して、かすかに微笑む。

「いささか、みなさんを驚かしちまいますけどねえ、勘弁しておくんなさいよ」

「なあに、いざとなれば白羽さまがなんとかしてくださる。思いきってやれ！」

蘭が、きっぱり言って、お漣の決断を後押しする。

「やれやれ、あんたはいつもそれだねえ」

苦笑いしてお漣が目を閉じる。そして、すぐに見開く。だが、開いた時には、瞳の色が変わっていた。黄金《こがね》の色だ。

「さあ、おいで、おまえたち。あたしのこの身に宿を借りてる、その店賃《たなちん》の取り立てよく通る声で高々と、歌うがごとく彼女が呼ばわって、その声響いた夜の空に、奇怪な巨影が浮かび上がる。

はじめは、ぼんやりとした影にすぎなかった。光る白い靄《もや》が、一定の形を取っただけ。けれどそれは見る見るうちに、はっきりした姿になってゆく。

「……船？」

「おらあ、見たことがある、千石船《せんごくぶね》だ」

「いや、おれも見たことがあるけどよ、なんか形が違う。千石船より大きい」

宙に浮かび出たものが、西洋帆船《せいようはんせん》であると、見分けられる知識を持つ者はいなかった。まあ、それがあたりまえである。

「さてさて、みなの衆。かようなことが、あるはずはなし、起こるはずなし。これはみな夢、夢と心得られよ。すべて忘れるが吉《きち》にござるが……」

黒丸が、大音声で口上をのべる。村の者たちは、ぽかんと口を開けていた。

輝いて空に浮かぶ、それは幽霊船であった。

ただの実体なき亡霊ではない。船そのものが、一体の妖怪なのである。

巨大な幽霊船は、ゆるゆると動いて、船腹を敵に向けた。西洋帆船の舷側《ふなばた》に、黒々と穴が開いた。そこから大砲が筒先が顔をのぞかせる。

「……ただいまは、耳を塞《ふさ》がるるがよろしかろうと存じます」

黒丸が言う。

「こうするのやでー」

おっとりとお輪が、助けたおしげの耳を塞いでやった。

あわててみんなが見習ったその刹那。

轟音炸裂。空に浮かんだ西洋帆船、その舷側に並んだ大砲はおよそ十六。そのことごとくが同時に火を噴いた。

飛んでいったのは光の弾だ。

天高く飛んで、夜明け前の一番暗い夜空の雲に突っ込んだ。

雲が光り、まるで稲妻のような輝きがふりそそいだ。火花が、無数の狼を包みこむ。

その光は熱もなく、痛みも伴わなかったはずなのだが、いかに妖かしとはいえ、狼は狼だ。戦疋狼はたじろいだ。

そこへさらにもう一斉射。雷鳴の百倍ほどの轟音が、びりびりと夜明け前の闇をふるわせた。

どこかで一匹、高々と吠えた。

（兄者がやられた。逃げろ）

そういう意味の遠吠えだと、黒丸と蘭だけが聞きとった。あの妹狼の声だ。そして、兄狼はどうも、この一団を率いる立場であったようである。

幽霊船の一斉砲撃に、ただでさえ浮き足立っていた狼たちは、この一声で士気を崩壊させた。算《さん》を乱して逃げ出してゆく。

「……まあ、脅かしで逃げてくれて助かったわ」

お漣は、ぽつんとつぶやいた。

幽霊船だから、幻の砲弾しか撃《う》てぬ――というわけではない。いま、姿を見せたのはただの幻だが、その気になれば、狼たちを焼き尽くすこともできた。

しかし、それには二つの難点がある。

まずひとつに、戦疋狼は、村の畑を越えて押し寄せていたことだ。実弾を撃てば、村に甚大な被害が及ぶ。やつらを滅ぼしたとて、それでは無意味だ。

もうひとつの理由は――いまはさておこう。

ともあれ、狼どもの姿が消える頃には、東の山に、太陽が姿を見せていた。

●七の幕●

「慣れたこととはいうものの、だなあ」

蘭はそう言って、右半面を隠す前髪をいじった。

村はずれ、正午にはまだ少しある時刻。

森を抜ける狭い道に入るあたりに、村を出る千槍組たちの姿があり、見送る者の姿もあった。

見送りは、たった三人だ。

「すまんのう……」

お栄と亭主が、深々と頭を下げる。お栄のすそを握って、おしげが立っていた。

結局、村での、白羽一座の興行《こうぎょう》はなくなった。

狼の被害は、ごく限られたものであった。あの行商人が行方不明になったほか、死者もいない。

納屋がいくつか焼け落ち、大きな傷を負った者も数人いる。

だが、かろうじて村に入られる前に追い払ったあの群れが暴れていたとしたならば、どれほどの被害が出ていたかは、まったく予測もできない。

いうなれば、白羽一座、いや千槍組は、村の恩人である。

だが、彼女らは村を救うために何をしたか。

ふところから輪入道を呼び出し、拳を鉄槌のごとく大きくし、さらには幽霊船を空中に呼び出した。

村人たちが、襲ってこなかった狼と、千槍組の彼女たちの、どちらを恐れるかは自明であろう。

あの行商人がまだいれば、今度こそ村人が襲いかかってきたかもしれない。実際、怯えの目を向けるだけではなく、石を投げてきた者だっていた。

お栄が一喝したが、投げた者が姿をあらわすこともなく、まわりがそれをとがめるようすもなかった。

「村を救うてもらったというのに、情けない限りだべ」

と、お栄は頭を下げる。

だが、そのお栄も、千槍組の面々とは、五歩あまり離れて立ち、決してそれ以上に近づこうとはしないのだ。

「気になさらなくて、けっこうですよ。ただ、ひとつだけお願いがあります」

お栄に向き合っているのは、お漣だけであった。

蘭はそっぽを向き、黒丸は幟を立てた大八車の影におり、お輪はお漣の背後に隠れている。

お漣の、願いがあるという言葉に、婿のほうは一瞬、懸念の色を浮かべたが、その背を大きくお栄がひっぱたいた。

真剣な顔で、お栄は大きくうなずいた。

「ああ、なんでも言うておくれ。あんたらには、返しきれない恩がある」

「忘れてくださいな、あたしらのこと」

お漣はにこやかに、さらりと言った。

「へ？　け、けど、あんた。それは……」

「ついでに、狼のことも忘れてもらえませんかねえ」

お漣の口もとは、にこやかに笑っているが、瞳のほうは刺すがごとくに鋭い。

「妖かしのものは、お話の中にだけいるもの。そう思ってもらったほうが、いいんですよ。自分の隣にいるかもしれないって、びくびくされちゃあ、お互いのためによくないですからね」

お漣は、からからと明るく笑った。

「戦疋狼みたいに暴れる連中は、あたしらのようなのが片付けます。冬の夜長の囲炉裏端《ばた》で、それとも蒸し暑い夏に一時《いっとき》の涼《りょう》のため、噂をするくらいはかまいませんサ。けど、本当に見たことじゃなく、昔々の誰かの話だと、そうしておいてくださいな」

その言葉を、お栄は息を詰めて聞いていたが、お漣が言い終えた時に息を吐き、わかったよ、と首肯《うなず》いた。

「村の連中にも言い聞かせておくべ。けんど、また何か起こったら次は忘れていられないかもしれねえよ？」

「そうならないように、あっしたちがいるんでさあ」

大八車の陰から、黒丸が声をかけた。

言った時には、もう車の柄《え》を持ち上げて、立ち上がっている。

ぼちぼち行きましょうと、そういう合図だ。

「一宿一飯、お世話になりましたねえ」

小さくお辞儀をして、お漣は、とんと地面を蹴った。次の瞬間に、彼女はもう大八車の荷物のてっぺんにいた。お輪や蘭ほどではないが、お漣もそれなりに動ける。

「さて、行くとしますか」

と言いつつ、黒丸はまだ動かない。

お輪が残っているからだ。お漣が荷物のてっぺんに動いた時も、お輪はじっと動かなかった。

それは、お栄の足にしがみついていたおしげが、じっとお輪を見ていたからだ。

「……ほな、さよなら」

お輪が、半分閉じた目で言って、表情のないまま、背を向けた。

「まって。おねえたん、ちょっとだけ」

おしげが、舌足らずな声で言った。そして、よちよちと、お輪に近づいてゆく。

婿がはっとして娘に手をのばし、お栄もまた抱きとめようとした。けれど、互いの手がぶつかったところで、はっと顔を見合わせて、動きを止めた。父と母は、恐れをぐっとこらえた。

一度娘を救ってくれた相手を、信じた。

おしげが近づいてくるが、まだお輪は、背を向けたままだ。お輪は、問いかけるようにみなを見た。お漣も蘭も黒丸もうなずく。

お輪は、振りむいた。

おしげが、泣きそうな顔で、お輪を見ている。幼いけれど、村の秩序に逆らってはいけないことくらいは、理解しているのだろう。

おしげは、鳥をかたどった笛を、さし出した。昨夜、お輪が糸操《いとあやつ》りの芸を見せるのに使ったおもちゃの笛だ。村長の孫といっても、決して豊かな村ではない。この子にとって、ただひとつの玩具だ。

「あたいは、おねえたんのこと忘れんといかん。けど、おねえたんは、あたいのこと、おぼえてておくれな」

おしげは、そう言って、お輪の手をとって笛を手渡した。

お輪の小さな手はこわばっている。笛をつかめない。けれど、もっとちいちゃな手が、そっと力をこめて、お輪の指を曲げていった。

笛は、お輪の手におさまった。

「約束する。忘れへん。うちは、おしげちゃんのこと、絶対に忘れへんえ」

お輪が、にっこり笑った。晴れやかな朝日のような微笑みだ。涙雨の雲を、地平線の下に隠している。

「見ときや、うちの芸。とっておきや！　芸のことは覚えててええねんで！」

たぁんとお輪が地を蹴った。宙で返って、またひねり、飛んで跳ねてはまた回る。

おしげの顔にも笑みが戻る。

そうして、決めの芸は、右手一本で逆さま着地だ。大八車の後ろ側、そこでお輪は、一本逆立ちをして微動だにしない。

「行きますぜい」

黒丸が、ぐいっと大八車を引いた。がたごとと、車輪が刻む拍子に合わせ、もらったばかりの鳥笛が、ほのかに悲しげな曲を奏でた。

「さよなら、おねえたん。さよなら」

いつまでも手を振るおしげと、深々と頭を下げ続けるお栄とその婿の姿が、やがて、ゆるやかに曲がった道の彼方に消えた。

さわさわと風が葉を鳴らす。そよ風に乗って、お輪が吹き鳴らす、つたない笛の音が森に広がってゆく。荷物のてっぺんで、お漣が三味線をつまびいた。ほろほろと、寂しさを包みこむような音色だ。黒丸が、ときおり、鳥の鳴き声を真似て、合いの手を入れる。

即興の曲は、森の静けさに吸いこまれ、やがてお輪は吹き止めた。いよっと上下を戻して、大八車の端《はし》にちょんと座り、大切にそうにしまいこむ。

「まあ、人ってのはああいうもんだ。よくも悪くも」

蘭が、ふふっと笑って言った。嘲笑ではないが、温かくもない。諦めはしないが、期待もしない。淡々とした笑い――。

「さてさて、ところで、これからどうしやす？　どっちに行きましょうかねえ」

黒丸が、ことさら陽気な声をはりあげた。

「車を引くのはいいんスがね、どっちに向けて進めばいいのか、わかんないてのは困りやすぜ」

「それなら、あたしに心当たりがあるよ」

荷物のてっぺんから、お漣が声をかけてくる。

「ゆうべのうちに、村の人たちに噂を聞いておいたのサ。戦疋狼のほかに、この里で化け物の噂があるかってね」

「……修羅の樹ィやろ」

上方の抑揚で、ぽつりとお輪が言った。

「おさよちゃんが言うとった……ふわあ……で」

途中であくびをまじえて、こっくりこっくりしはじめる。

「わたしは何も聞いてない」

少し不機嫌そうに、蘭が言った。

「ご安心くだせえ、あっしも聞いてません」

黒丸と蘭の頭の上で、お漣が語り出す。お輪は寝息を立てていた。

「修羅の樹ってのが、あるんだってさあ。大昔の話だけど、このごろまた噂になってるっていうのよ。まず、大昔の話ってのが、どんなだかっていうとね」

べえん、と三味線の弦をひとはじきして、お漣は続けた。

「上杉謙信《うえすぎけんしん》が活躍した頃ってえから、あたしが生まれるちょいと前くらいだねえ。その頃、美杷湖《みわこ》の南に妙なもんを崇《あが》める領主がいたそうな」

美杷湖というのは、この海比呂と隣国の、北のほうの国境《くにざかい》にある、美しい湖だ、という。その周辺には闇《やみ》が森《もり》という、深い森林が広がっている。

そこは天然の要害として、他国の侵掠《しんりゃく》からの壁となってきた。

上杉謙信が越後を制した後、海比呂を併合しようとした時、美杷湖と闇が森は、軍神の行く手を阻《はば》む城の役目を果たしたのだ。

「なんでも、上杉謙信てえ人は、毘沙門天《びしゃもんてん》を祀《まつ》ってたそうだね。その頃、美杷湖あたりをおさめていた武将、郷里達幸《ごうりたつゆき》は、上杉と戦うには毘沙門天より強い加護がいる、と考えた。そこで、阿修羅天《あしゅらてん》を祀ることにしたんだそうな」

びょん、と、また三味線をかき鳴らした。

はっと顔をあげたお輪が、半分だけ目を開けた。

「……漣ねえやん、琵琶法師《びわほうし》さんみたいになっとる」

と言って、また眠った。

「アースラなあ。そんなもの崇めても、どうしようもあるまいに」

蘭が、少し日本語と異なる発音で言った。彼女の父は天竺育ちなので、現地の発音なのであろう。

「言い伝えだしねえ。本当に何があったのかは知らないよ。阿修羅信仰から生まれた妖怪が、海を渡って流れ着いて、そそのかしたのかもしれないさ」

存在するから信仰されるのではなく、人の信じる力で、神々が実体を持つ。

というのが、想いから生まれる妖怪たちの仕組みである。

実際に神々や仏が、妖怪と同じように生まれてくると決まったものではないが、多くの妖怪たちは信じているし、妖怪というほかない程度の力しか持たぬ神も多い。

「ま、それはともかく」

べべん、とお漣は三味線をかき鳴らした。

「郷里達幸は、闇が森に阿修羅天を祀り、戦《いくさ》を模した舞《まい》や武芸試合を捧げものにして、勝利を祈願したんだとさ。けど、結局のところ、謙信さんは海比呂には攻めてこなかった。達幸は、森でいつまでも阿修羅の祭儀を続けたそうな。強い侍が、いちばん強い一人を決めるために斬り合いを続けるって儀式だったそうだよ」

「それで二番手や三番手が死んじまっちゃあ、意味ないじゃありませんか。いくら強くたって、一人じゃ戦に勝てやしねえ。……まあ、人間の強さの範疇をはみ出っちまえば、わかりませんがねえ」

木漏れ日のさしこむ森の道で、大八車をぐんぐん引きながら、黒丸が言った。確かに、お漣の幽霊船が全力を出せば、一人で一軍と戦うこともできよう。もっとも、それはお漣にも、相応の負担を強《し》いることになるが。

「結局は、おかしくなってたってことだろうねえ。郷里達幸と、やつが率いてた侍たちは、とうとう森から出てこなかった。泰平の世が来ても、闇が森からはときおり、戦の声が聞こえるそうな。なんでも、阿修羅天を彫りこんだ大きな樹があってね。郷里達幸は、最後は自分をその樹に磔《はりつけ》にさせて、我、阿修羅天と一体とならん、とかなんとか言ったと」

「……森から誰も出てけえへんかったんなら、いったい、それは誰が見たん?」

「さあてねえ」

おかしそうに、お漣は笑った。さわさわと、風が枝を渡ってゆく。

「だけど、その森から、このところ頻繁に剣戟《けんげき》の音が聞こえるんだとさ。それにね、実際に姿を消しちまった侍もいるんだってさ」

そこで一拍。三味線の音はなしに間を置いて、お漣は最後の一言を口にした。

「消えたのは、お国家老の立花ってのを、諫《いさ》めようとした若侍ばかりだっていう話」

「なるほど、そりゃあ調べてみる価値はある。で、その闇が森ってのは、どこにあるんだ？」

「そろそろ、じゃあないかね」

「はあ？」

「国境にあるって森で、あたしら国境を越えてきたところでしょ？」

お漣が、けろりとして言った。

「おまえな、国境ったってこの海比呂だってそれなりに広いだろうが」

蘭がしょうがないなと首をふる。そうやりとりするうち、道の行く手が、明るくなった。木々が途切れてその合間から、明るい空が見えている。ただし、道は大きく曲がっている。そのまま進めば道をはみだして野原に踏みこむだろう。

「おっとっと、こりゃいけねえ」

黒丸は、たくみに車を操って、横に向けたところで止まった。そうすると、木々が間を空けた先の、明るい景色がよく見える。

道を外れたその先は、ゆるやかな下り斜面になっていて、草の生えた原っぱが、湖の岸まで続いていた。

「あの、向こう側にある森らしいねえ」

お漣の目は、深く静まりかえった、藍色《あいいろ》の湖の向こうを見つめている。

その先は、水辺からすぐ鬱蒼とした森になっていた。緑の色がひどく濃くて、黒に近い。木々は丈《たけ》が高く、合間をさらに藪《やぶ》が埋めている。陽が少しでも翳《かげ》れば、夜がそこにだけよどみ、残っているように見えるだろう。光は全部吸いこまれてしまい、出てこない。枝や葉が、もつれあうというほどでもないのに、奥はまったく見通せなかった。なるほど闇が森という名の他は、呼ばれようがない森だ。

「見えてるんだけど、まっすぐは行けないねえ。湖が邪魔だもの」

しかし、ここから見てとれる範囲には、船着き場などもなさそうだ。

「岸辺をぐるっと回っていくしかないか。おまえの幽霊船に乗るわけにもいかんしな」

「……あれは、あかんな」

蘭が言うと、お輪がうなずいた。経験はあるらしい。それも、あまりよい思い出ではないものが。言われて、お漣が苦笑いした。

「あたしだって、軽々しく出したかないよ。……おや？　渡し船がないってこともなさそうだね」

闇が森の端は、少し湖の上に突き出して岬のようになっているのだが、それをぐるりと回りこんできた小舟が一艘、姿をあらわしたのだ。乗っているのは一人。自分で櫓《ろ》をこいでいるが、慣れていないのか、少しふらふらしている。

「黒丸。小舟には、どんなやつが乗っている？　おまえの目がいちばん鋭い」

「へへ、蘭ねえさんだって山で鍛えた目をお持ちでしょうが、その蘭ねえさんに言われたとあっちゃあ、はりきらずばなりますまい」

黒丸、両の頬をぴしゃりとはって気合をいれ、いささか垂れ気味の目を、くわっと見開いた。美杷湖は、決して小さくはない。数里は先の光景だ。

黒丸は、しばらく力んでいたが、すぐにがっくり力を抜いた。

「侍です。まだ若いんじゃねえかと思いますが……それ以上見極める前に、岸について、森に入っちまいました」

「いいよ、いいよ。それで充分さ」

荷物の上から、お漣が言った。

「近道はなさそうだ。まずは道なりに行ってみようじゃないか。あんまり、ぐずぐずしてないほうがいいような気もするしね」

「行きますぜい」

呼吸を整えて、黒丸が、大八車の柄を持ち上げた。

●八の幕●

闇が森にたどりついたのは、日が中天《ちゅうてん》にさしかかる頃だった。

あれからすぐに小さな村を見つけて、大八車をそこに預け、その後は道を無視して、山を突っきってきたおかげである。

その村で聞いた話では、闇が森へまっすぐ向かう道はないということだった。あんな恐ろしげなところ、誰も近づかない、と村人たちは口々に言っていた。

並みの人間であれば、山すそを大回りしなければならず、たどりつく頃には日が暮れていただろう。実際、お漣などは、歩く早さはそのへんの娘たちとそう変わらないし、お輪は身こそ軽いけれど、持久力には欠けている。

お漣を黒丸が、お輪を蘭が、それぞれ背負ったからこその、この速さでの到着である。ちなみに、割り振りはくじ引きで決めた。

これまで歩いていた山をくだって、さてその麓に、黒い葉の木々が立ち並ぶ森が広がっている。明らかに、まわりの山々とは、生えている木の種類からして違っていた。

黒茶の木肌に黒緑の葉がしげっている。

闇が森の中に一歩ばかり入ると、いきなり薄暗い。

太陽は真上にあるというのに、地面にはほとんど光が届かず、羊歯《しだ》が地を這い、転がる岩はすべて苔《こけ》むしている。

「しかしまあ、不気味な森でござんすねえ。天狗の端《はし》の端っくれであるあっしも、ちょいとぶるっちまう感じでさあ」

黒丸は、わざとらしく体をふるわせた。

「この程度で、なんで怯《おび》えるんだ。おまえが、白羽さまと幼なじみであるというのが、どうにも信じられんな」

蘭が、目に険しい光をたたえて、黒丸を睨む。

千槍組を組織した千槍白羽丸は、大天狗の息子であり、次代の天狗の統率者として期待されている存在だ、という。

黒丸は、その白羽丸と一緒に育てられた幼なじみだというふれこみだった。

「これで怯えるようなあっしだからこそ、みなさまの用心棒ではなくて、みなさんの身のまわりのお世話が仕事なんでさあ」

「いらんところで、胸を張るんじゃない！」

蘭が、黒丸の脳天に拳を落とす。

ざわざわっと葉がこすれあって、笑いのようなざわめきが起きた。

風は——ないというのに。

そして、三人の美女たちと黒丸は、どこからか自分たちを監視する気配を、はっきりと感じとった。

「こいつぁやべえ。この森はやべえですぜ。ほんとに入るんですか？」

「……危なそうやからこそ、わざわざ調べるんやんか」

蘭に背負われたまま、お輪が、ふわあとあくびをもらし——。

びくっとして、その口をきゅっと閉じて、身をこわばらせた。

森の奥から、かすかな声が聞こえた。おそらくは、剣を振るう気合いの声だ。

「先に行くぞ！　すまんな、お輪」

戦いの気配に反応し、蘭が、即座に動いた。

お輪を地面におろして、たんと地面を蹴った。

宙に舞い上がって、はり出した太い枝を摑み、大きく体を振った。前方にある別の枝に飛びつき、それを繰り返して、空を渡ってゆく。

猿《さる》のような動きだ。

「他人さまの目がねえからって好き放題だな、蘭のあねさん」

「あたしは自力で走るから、あんたは、お輪を背負っておいで」

お漣が、黒丸の背からおりる。

「頼むでー」

ひょいとお輪が背に乗った。

「へいへい。行きますよ」

蘭が、空中を行ったのは正しい選択だ。

地面は羊歯と苔でぬるぬるしており、うっかりすると滑《すべ》ってころびそうだ。それに、ねじくれた大木の根っこも、そこかしこに意地悪く突き出ている。

それでも、黒丸は、お輪を背負ったまま、けっこうな速さで、森を抜けてゆく。

「ああ、もう。なんだろね、この森は」

並みの女よりは、よほどの健脚なお漣だが、この森には苦労していた。木々の隙間が狭くて、豊かな胸がひっかかったりもしている。

ただ、多少遅れても、はぐれる心配はなかった。行く手から聞こえる剣叫《けんきょう》が、道案内になっているからだ。

「キエエエエイッ！」

若い男のものらしい、その叫びには、あきらかな疲労の陰りがさしている。

「もしかして……あの？」

「……小舟に乗ってた人やろか」

黒丸がつぶやき、彼の背にいたお輪が相槌《あいづち》を打った。

「……そしたら相手は誰やろか」

先ほどから聞こえる声はひとつきり。

「まさか、虚空《こくう》の幻を相手に戦っているということもあるめえが……。いや、あるかもしれねえ。なんせ、戦国の修羅が彷徨《さまよ》っているという森だ」

と、黒丸が一人合点《がてん》でうなずいた時だ。

「そこのお侍、助太刀しよう！」

蘭の声が、前方から聞こえてきた。戦いの場に、たどりついたらしい。

「おぬし、何者だ?!」

驚きの声は、やはり若い男のものだった。

「おやおや、なんだかいい男の気配がするよ」

いままで森のあちこちにひっかかりまくっていたお漣が、いそいそするすると木々の邪魔をかわし、黒丸とお輪を追い抜いていった。

「……お漣ねえやんは、ホンマに年下のええ男が大好きやなあ」

背中のお輪が呆れたようにつぶやく。

「あの人に比べれば、百歳の爺さんでも年下でやすがねえ」

黒丸が剣戟の現場にたどりついた時には、あらかたケリはついていた。

何人かの男が、木にもたれかかったり、地面に倒れ伏したりしている。血は流れていないから、殴られて失神したものだろう。山支度《やまじたく》をした侍たちだ。

蘭は、最後にひとり残った敵と対峙している。

彼女の背後にかばわれるように、ひときわ大きな木の根元に座りこんでいる若い侍がいる。

血まみれになって、木の幹に背を預けていた。

たとえ血に染まっていても、なかなかに美しい顔立ちの男であった。いやむしろ、色白で優しげな顔立ちが、血に染まることで、凄惨美とでもいうのか、その端正さが強調されている気さえする。

なので、お漣の表情が、とろとろに溶けていた。かいがいしく、血をぬぐったり、傷に布を巻いたりしている。傷を洗うために、こっそり手から水を湧かせていた。

幽霊船に憑かれて百年以上。当初は、湧かせるのは海水だけだったそうだが、いまでは真水も自由に出せる。露骨に妖かしの力を使っているのだが、相手は朦朧《もうろう》としており、気づかれていない。

「まあ、ひどい傷じゃありませんか。動いちゃいけません。化け物なんざ、あそこの乱暴娘に任せておきゃいいんです」

「だれが乱暴娘だ！」

「……違う、化け物ではない」

蘭の怒った声と、若侍のうめきが重なった。

それから、しゃあああという、長くかすれた吐息も。

吐息の主は、蘭と対峙している最後の敵だ。着物こそまとっているが、左右のこめかみに角《つの》、針金のような体毛、そして青い肌。どう見ても鬼だ。化け物だ。

「……そやつは……長瀬清兵衛《ながせせいべえ》。私の……朋輩《ほうばい》なのだ……」

若い侍が、途切れ途切れに言うと、お漣は、顔をあげて、きりりとした声で言った。

「蘭、こうおっしゃってるんだ。無茶しちゃいけないよ！」

「おまえは、さっきからのわたしの苦労を見ておらんのか！」

蘭が怒鳴った。言われなくても手加減はしている、という意味だろう。

その声に引っ張られたように、青鬼が蘭へ襲いかかった。鬼の膂力《りょりょく》に、正統の剣術、そしてなかなかの名刀。

　これだけ条件がそろえば、木刀ごときは断ち切られるのがふつうだが、そこは妖樹の木刀に、蘭の腕前。音すら立てずにいなされ、鬼の体が前方へ泳いだところへ、うなじに木刀の切尖が振りおろされる。

　軽く、とんと触れただけに見えたが、鬼は前のめりになって、そしてそのまま、地面に倒れた。

「これでよかろう。死んではおらん。しかし、その分、いつ目覚めるかわからんぞ」

　蘭が、周囲を見回した。倒れている侍は、みな、角があるか、肌の色が尋常ではない。鬼のようだ。しかし、最後の鬼だけが例外ということもなかろう。彼らはみな、傷だらけの若侍の知己に違いない。

　黒丸は、ひのふのみと、倒れた鬼侍を数えた。八人だった。

「捕まえておくには数が多いし、縛っておいてもひきちぎられようってもんですな」

「考えてるくらいなら、逃げればええのん」

　背負われたままで、お輪が言った。

「そうだな。森を、一度出ようか」

　蘭が言うと、黒丸がまずうなずいた。

「合点《がってん》承知。けど、そっちのお侍ぇ、気を失っちまってますぜ」

「わかってるよ。ちょっと、蘭。いつものあれを出しなよ、あれを。河童《かっぱ》の薬」

お漣が、ちょいちょいと手招きする。

「けっこう貴重なものなんだぞ」

「わかってるよ。ネネコ姉さんには、あたしから頭下げとくから、今は使わせとくれ。このままじゃ、お侍の命が危ない」

蘭とお漣は、利根川《とねがわ》河童の大将ネネコにつながりがあり、河童の傷薬を融通してもらえるのだ。

「致命傷じゃあないと思うがなあ」

蘭が、しぶしぶふところからハマグリの貝殻をとり出した。

すかさず奪いとったお漣は、ぱかりと貝殻を開くと、黄色みがかった軟膏を塗りつけはじめた。見る見るうちに、傷が塞がってゆく。

「おい、そんなに使うなよ。もったいない」

「ケチケチするんじゃないって。あら、いい男だねえ……」

お漣は、あらわになった若侍の、たくましい胸板をうっとり見つめている。飛び散った血をぬぐうと、凜々《りり》しい顔があらわになった。鼻筋がすっきりとおり、目も大きく、やや顎《あご》が長すぎることをのぞけば、とびきりの美男子である。

手を止めて、その顔を眺めているお漣を、蘭が押しのけた。

「おい、ぐずぐずしてる場合じゃないと言っただろ」

傷は癒えたが、流れた血まで元に戻るわけではない。まだ目を覚ますようすのない若侍の肩に手をかけて、ぐいっと持ち上げた。

途中でお漣のようすをうかがう。

「わたしがかつぐが、それでいいか？」

「適材適所って言葉を知ってるかい？」

「回りくどい言い回しはよせよ」

若侍は、太ってはいないが筋肉はがっちりついた長身だ。しかし、蘭は、軽々とかつぎあげた。さすがに宙を飛ぶのは無理だが、駆けるような速度で進みはじめた。

「ちょっと、お待ちよ。無茶させるんじゃないよ、怪我人にさあ」

自分が辛いくせに、若侍のことにかこつけて文句を言いつつ、青息吐息、なんとかお漣もついてゆく。

黒丸も足腰は達者なほうだ。もちろん人間の基準ではなく、妖怪を基準にしての話である。余裕をもってとまではいかないが、苦労はせずについてゆく。

「なあなあ」

その黒丸の耳を、背にいるお輪がひっぱった。

「……なあ、うちは、あのお侍にお嫁《よめ》はんか、それか許婚《いいなずけ》はんがおる、いうのに賭《か》けるでえ」

お輪は、黒丸にひそひそ耳打ちした。黒丸、ぷぷっと噴き出した。

「いつも通りだとそうなるなあ。悪ぃけど、お輪ちゃん、おいらもそっちに賭けるぜ」

むうん、とお輪がうなった。

「……そんなん、つまらん」

「じゃあ、ちゃんとした嫁か、それとも許婚か思い人かってので」

「……うん。うちは嫁に賭ける。負けたほうが、団子《だんご》、おごるんやで」

くだらないやりとりをしつつも、黒丸は、かなりの早足で進んでいたのだが、まわりの景色は変わりばえがしない。どこまで行っても、鬱蒼とした森の中だ。

もちろん、来た時にも風景の変化などなきに等しかったから、そういうものだと歩き続けていたが、行けども行けども、本当に変わりがない。

倒れた巨木を乗り越えたところで、先頭を進んでいた蘭が、足を止めた。お輪を背負っていた黒丸が、蘭を追い抜いてから振りむき、そこへお漣が追いついてくる。

「……なんだい、どうしたんだい」

　お漣は、べったり座りこんで、息を整えている。ふだんなら、体力のなさをからかうはずの蘭が、今はそれどころではないようすで、周囲を観察していた。

「おかしいぞ。もうとっくに、森の外へ出てもいいはずだ」

　蘭は、頭上を見上げた。木々は高く、分厚い葉がいっぱいに繁って、森の中は夕暮れのように薄暗いが、太陽が見えぬほどではない。

「方角を間違えたりもしてないはずだ」

「ああ、違ってないさ」

　お漣が言った。彼女が広げた手のひらの上に、小さな針が浮かんでいる。いつでも北を指すものだ。お漣は、幽霊船に積んであるものを、必要に応じて、この世に出現させることができる。

「つまりはこれ、結界《けっかい》とか隠れ里とか、そういったものでございますかね」

　黒丸は、ぐるりと周囲を見回した。

「あたりにたちこめる気配が不気味すぎて、妖気がさっぱり読めませんや」

「おまえ、妖気なんて感じとれたのか。はじめて聞いたぞ。そんなこと、修行を積んだ坊主とか大妖怪の類《たぐい》がすることじゃないのか」

蘭が、左の眉毛をきゅっとあげた。右は隠れていて、両方があがってるように見えるが。

黒丸は、きょとんと蘭の目を見つめ返し、しばらくして、てへへと照れくさそうに笑って、頭をかいた。

「いやあ、実は、言ってみただけなんでやすがね」

「なんだ、それは」

蘭の膝が、がくっと砕けた時、彼女の肩あたりから、呻《うめ》き声が聞こえた。かつがれた若い侍が、意識を取り戻しかけている。

「……そのお人から、事情を聞いたほうが早いんとちがうん?」

お輪が言うと、お漣がいそいそと立ち上がった。

「そうだねえ、じゃあ、ちょっとお待ち」

お漣は、右手を体の前にさし伸ばして、虚空でぎゅっと握りしめた。右拳の親指側から、左手の親指と人差し指を押しこんで、その姿勢で、ぐるっとすりこぎでも使うかのように両手を動かす。

むうん、と小さな気合いとともに、左手を上にあげると、ずるずるっと白い布が引きずり出されてきた。ふわっと広げて、ふわりと地面に敷く。続いて、空中で何かをかきまぜるような動作をすると、ぼとんと座布団みたいなものが落ちてきた。西洋の枕である。

　お漣は、しどけない仕草で、白い布の上に寝そべると、右手をさし出した。

「さあ」

「さあ、じゃねえ」

蘭が容赦なく頭を蹴った。いたたともがくお漣を、白い布の上から追い出す。

「おまえは、ホント、男に一目ぼれすると、まるっきり中身が変わるな」

「だってさあ、ふだん、いい男がまわりにいないんだもん」

　お漣が、恨めしげに蘭を睨む。それを無視して、蘭は、布の上に若侍を横たえた。

「ろくな男がおらんのはその通りだが。おい、気つけ薬」

「へーい」

　ちょっと口を突き出して、ふてくされた黒丸が、小さな小さな壺を取り出した。油紙の蓋《ふた》を外して、中身をほんのひとたらし。

　若侍は、小さく呻くと、ぱちりと目を見開いた。

「……おお、あなたは……。お救いいただき、まことにかたじけない……」

　ぼんやりした調子で、若侍が言った。蘭を見る目に、あこがれの色がある。お漣が、いささかむっとした顔になったが、彼女が何を言うより早く、正気を取り戻した若侍は、がばりと起き上がって、蘭の二の腕を摑んだ。

「みなは……！　清兵衛、京衛門《きょうえもん》、幸之進《ゆきのしん》……！　みなは無事でござろうか……」

渾身の力で摑んでいたのだろうが、蘭は、いともあっさりと振り払った。

「打ちのめした連中なら、死んではいないと思うが」

「どこにおります」

若侍が、忙しくあたりを見回した。

「置いてきた。あんたにゃ仲間かもしれんが、わたしらから見れば、鬼だぞ。連れてくるわけにいかんだろうが」

「……さよう、か。やはり、みな、鬼となっており申したか……」

蘭にぶっきらぼうな声をぶつけられ、若侍は、しょんぼりと肩を落とした。

「おかわいそうに。すみませんねえ、うちのがさつ娘が、お辛い気持ちを察することができず、がさつな口をききまして」

お漣が、するするっと膝歩きで近づき、若侍の肩にそっと柔らかな手をのせた。

「おい、二度もがさつって言うことはないだろう」

蘭の抗議はかすらせもせずに受け流して、身をかがめたお漣は、下から若侍の顔を見上げた。瞳を揺らせ、肩から指先をすべらせ、若侍が膝の上に載せた、ふるえるその手に重ねた。

「あたくしたちは、白羽一座と申しまして、道を間違えてこの森に迷いこんだ芸人なんでございます。あたくしはお漣。あとは適当に呼んでくださいませ」

「おいっ、ちゃんと名乗らせろっ」

今度の蘭の抗議も、お漣は無視した。瞳と瞳を合わせて、若侍に語りかける。

「道々をゆくモノではございますが、どうかこらえて、いったいこの森で何が起きているか、お聞かせ願えませんでしょうか。恐ろしくて、どうしてよいのか」

立て板に水で言って、重ねた手にぎゅっと力をこめた。

すると――。

若侍が、すっと背筋をのばした。

瞳に力が戻っている。迷いも怯えも含んでいるが、決意がそれを抑えている。

「……へえ」

お輪が、少し感心したようなささやきをもらした。

「……こりゃなかなか」

黒丸がうなずく。

そのやりとりには気がつきもせず、若侍は口を開いた。お漣を見た若い男にありがちな、気負ったところも照れたところもない。武士としての矜持《きょうじ》が、よい形で、彼を律していた。

我を取り戻した、というべきか。

「さようであったか。すまぬ。我がことばかりで、迷惑をかけた。助けてもらった身で、このようなことをいえたものではないが、受けた恩は決して忘れるなと、亡き父にも厳しくいわれておる。森の外へ、安全にそなたらを逃してみせよう」

そして若侍は、お漣が最大限の色香をこめた表情から、さして苦労もせずに視線をはがし、蘭をまぶしげに見つめた。

「しかし……とはいったものの、ここはどこかも定かではない。太陽も見えず、この森の木々は、年輪で方角を示してくれることもない」

少し情けなさそうな顔つきになった。

「奮闘はしたが、真剣を以っても敗れ去った自分に比して、こちらの方は、化け物となった朋輩どもを、木刀のみで、しかも一撃ずつでなぎたおしておられた。拙者などより、よほど頼りになるかもしれぬ。が、拙者もできるかぎりのことはする」

自虐や卑屈さはなく、目には蘭への尊敬の色が浮かんでいる。

ふだんの蘭なら、照れてそっぽをむくところだが、お漣が嫉妬の目で見ているので、少し胸をはって、若侍の視線を受けとめた。

「芸は芸でも武芸をたしなんでおるが、やっとうでは食べていけんもので。わたしは、雪村蘭之丞、と名乗っている」

「これは失礼をした。拙者、海比呂藩御山《おやま》奉行所与力、坂口徹之進《さかぐちてつのしん》と申す」

「ほほう」

声をあげたのは、黒丸である。

「御山奉行所と申しますのはね――」

ここ海比呂では、山林の多くを藩の所有とし、材木を直接売ることで利益を得て、無借財で、藩の費《つい》えをまかなってきた。御山奉行所とは、その藩所有の山林を管理している役所であり、海比呂藩で最も有望な侍だけが、その任につくのである。家柄よりも、能力が重視される役所で、それがこの若さで与力というのは、たいしたものだ。

――ということを、黒丸が、平易な言葉で、手早く説明した。

「よく知っておるな」

徹之進が感心の表情を浮かべ、お漣、蘭、お輪がうろんげな目で黒丸を見つめた。見られて、黒丸は首をすくめた。

「いやあ、知ってるのは、あっしじゃあねえんで。ここにはおられねえ、座頭《ざがしら》さまから教えてもらったんで」

お漣、蘭、お輪がいっせいにうなずいて、今度は徹之進がきょとんとした。

「そいじゃあ、徹之進さまが、この森においでになったのは……」

さりげなく名前で呼んでいるお漣であるが、徹之進本人もそれを気にしたようすは見せなかった。細かいことに拘泥《こうでい》している余裕は、彼にもないのだ。

「……やはり、お仕事でらっしゃるので？　森の化け物を調べに、とか？　あ、すみません。あれは化け物ではないんでしたよね」

並みの者なら、角を生やした異形を、おのれの朋輩であると主張する徹之進の言葉を聞けば、正気を疑うだろう。

だが、お漣たちは、旅芸人の白羽一座にして、妖怪始末の千槍組だ。人間が、妖かしの姿に変わり、心を失うことなど、よくあることだと承知している。

当の徹之進にしてみれば、信じてもらえることをいぶかしく思うゆえんはない。素直にうなずいて、彼は言葉を続けた。

「うむ……。そもそもこの闇が森には、恐ろしげな昔話があってな。むろん、我ら奉行所のものは、誰も信じてはいなかった。しかし、民が言い伝えを尊ぶのであれば、むやみにそれを打ち壊そうとすべきではない、というのが殿とご家老さまの」

と、そこで言葉が途切れ、苦いものが、徹之進の顔に広がった。言い直す。

「先代の殿と、変わられる前のご家老の考えであった。ゆえに、この森は手をつけずにきたのだが、ご家老が、いきなり、伐採するゆえ下調べをせよと命じられたのだ」

「……ご家老さんがなあ」

お輪が、ぽつんと、徹之進の言葉の一部を繰り返した。そして続けた。

「言うてはったな、村の人も。ご家老さん、人が変わってしもた、て」

「誰がそのようなことを……！　……いや、いまの海比呂の領民であれば、誰もが承知しておることか」

一瞬だけ激して、またすぐに肩を落とした。どうも、この徹之進という若者は、浮き沈みが激しいたちらしい。お漣は、そういうのがまたいいわあ、というのんきな顔つきでいるが。

「そうだ。ご家老は変わってしまわれた。すべて、先代の殿が急死なされてからだ」

「なんで死んだんだ？」

「……卒中《そっちゅう》、と聞いておる」

蘭のぞんざいな尋ね方に、徹之進は、少し口もとをひくつかせたが、素直に応じた。

「江戸表《おもて》におられたお世継《よつ》ぎ寅千代《とらちよ》ぎみが、お国入りされた。名を改め、山室吉延《よしのぶ》さまとなられたのだが……」

そこでまた、徹之進は、言葉を切った。彼の両手が、強く握りしめられる。

「……我らの誰ひとり、若殿にお目どおりがかなったことがない」

「はあ？　どういうことだ？」

蘭の言葉に、徹之進は首をがくりと落とした。

「吉延さまは、ご持病がおありとかでな、城のお部屋から一歩も出れこられぬ。ご家老のほか、限られたものしか出入りを許されぬのだ。そして、ご家老さま……いや、家老立花内膳は、すべて殿のご認可があると称して、暴政をはじめた」

「はあ、私腹を肥やして贅沢三昧《ぜいたくざんまい》ってよくある話ですな」

黒丸が、先回りしたつもりで言う。

「違う」

徹之進は、首をきっぱり左右にふった。

「実のところ、ご家老は、もともと贅沢は好きなお方だ。というか、働いたものは手柄に応じて分相応の暮らしをすべし、というご主張でな。この海比呂が豊かなのは、あの方の手柄といってよいゆえ、蓄えはいまさら増やしようもないほどだった」

淡々と徹之進は続けるが、その指先は、強くおのれのものに喰いこんでいる。

「いまのご家ろ《か》……内膳のやりようは、もっと理不尽なものだ。いやがらせのためのいやがらせ、ただ民を苦しめ喜んでいるかのような。むろん、財貨はしぼりとっておるが、おのれの身に蓄えるのではなく、人を相争わせるために、惜しげもなくバラ撒いておられる。いや、バラ撒きおるのだ。なぜ……なぜ、そのような」

かつての立花内膳を、徹之進は、心の底から尊敬していたのだろう。裏切られたいまも、言葉のはしばしに、その思いがにじみ出ている。思いが詰まりすぎて、言葉が続かなくなっている。

「……ほんで、金をもろうて、この里の侍たちは、みんなが一緒になって領民をいじめとるいうことなん？」

お輪は、挑発しようとしたわけではなく、素直な疑問を口にしただけではあるのだろうが、さすがに徹之進は、憤然とした。

「違う！　むろん、藩士の多くは、内膳を諌《いさ》めようとしたのだ。だが……」

徹之進は、ぐるりと、この黒く影に沈んだ森を見回した。

「それらの者たちが、みな、御山奉行所に配され、闇が森の調べに送られて、帰ってこなんだのだ」

また、がくりと肩が落ちる。

「そうして、私が最後に残った。みな、私の言うことなら、あるいはご家老も聞いてくださるのではと思ったのだ。そうなだめられ、私もこれまで辛抱してきた。事実これまでは、きつい言葉で説いても、闇が森行きを命じられることはなかった。だが、昨日になっていきなり……」

「待て」

そこで、蘭が、徹之進を制止した。

「……ちょっと、長く話を続けすぎたようだ」

森の奥で、鬨《とき》の声があがった。

●九の幕●

その声とともに、雨のごとくざざぁっと、無数の矢がふりそそいだ。

とっさに、黒丸がお輪を抱えて大木の陰に飛びこむ。

お漣は、幽霊船の中から、盾になりそうな大きな家具を出現させた。大きな西洋机だ。坂口徹之進ともども、それに隠れた。

蘭は、愛用している妖樹の木刀を抜き放ち、おのれめがけて飛んできた矢を、ことごとく打ち払った。

「矢ではないぞ……。これは、角《つの》か？」

「違う、枝だ！」

落ちた矢を見て蘭がつぶやき、徹之進が答えを返した。

矢羽も何もついておらず、矢としては太いから、蘭は細長く尖った『角』と見た。

だがしかし、よく見ればなるほど徹之進が言うとおり、これは木の枝だ。

「それが、額に突き立つと角に変じる。そうして、鬼になるのだ……」

そのありさまを思い出してか、徹之進の顔面は蒼白だ。

「白羽さまから、聞いたことがありやす！」

そこで、黒丸が口をはさんだ。けれど、先を続ける前に、また別の方角から、雨のようにざざざあっと、枝がふりそそぐ。黒丸は、お輪を抱えて逃げ回り、それ以上の説明をするどころではない。

尖った枝が、勝手に幹を離れて、敵に襲いかかってくる。

これは、妖怪の術だ。それも、かなり高い妖力を持つものであろう。

枝の雨が途切れた。蘭が、肩で息をしている。これはよほどのことだ。お漣の呼び出した、大きな西洋机も、もう穴とひび割れだらけで、役に立たない。

巨樹の陰で、お輪を抱えている黒丸が、先ほどの言葉の続きを口にした。

「唐天竺よりもっと先のとある島に、人におのれの枝を植えつけて、戦うだけの人形にしちまう妖怪樹が生えてるってんでさあ。そいつは、戦って死んだ人間が、千人まとまって埋まってるとこにだけ生えるってえ……」

そこでまた、第三の雨。今度も、ふりそそぐ方向が違う。

そして、さらに増えている。

「南無《なむ》天狗大明神……」

適当な祈りを口走りつつ、お輪を抱えた黒丸が、別の陰へと走る。

だが、その時にはもう、お輪が、術を使っていた。

「カラカラカラカラ」

口で糸車の回る音を再現し、手を回して動きを再現する。

互いの周りを回る右手左手の内側から、無数の糸があふれだす。

「おお、これはお輪ちゃんの妖法、糸砦《いとどりで》！」

「そんな名前、知らん」

黒丸のとっさの勝手な命名をさらっと切り捨てて、枝の雨が届く寸前、えいやっとお輪は、その手の内から、無限とも思えるほどの糸を繰り出した。

空中に銀色に光る糸が伸びてゆく。お輪の糸は、飛来した無数の枝を、すべてからめとり、空中で固定してしまっている。

「これはいったい……」

徹之進が、呆然とつぶやくのを耳にして、お漣は小さくため息をついた。どうせ、いつかはバレる。あの村人たちと同じで、恐れと嫌悪を含んだ目で見られるのだと覚悟はしていた。

「短い夢だったねえ」

口の中だけでつぶやいた。

ところが、徹之進の反応は、予想外のものだった。

「素晴らしい！　そなたたちは、もしや天女《てんにょ》の類か？」

きらきらした笑顔を向けられた。

お漣は、まぶたをパチパチと動かした。徹之進は、どうやら本気で言っている。

自分の頬が、真っ赤になっているのを自覚しつつ、首を左右にふった。

「まさか。そんなたいしたもんじゃありません。それより、いつまでも、この調子でもちゃあしないんで、なんとかこっちからの攻め手を考えませんと」

舞い上がりそうになった気持ちを抑えこんで、冷静な声を作って、お漣は言った。

だが、これでは埒《たち》があかないと感じていたのは、どうやら敵も同じだったらしい。

また鬨の声が、というより鬼の咆哮が轟いたかと思うと、ざわざわと遠くで木々が揺れる気配が伝わってきた。

けっこうな数の相手が、走る速度で近づいてくる気配だ。

飛び道具は通用しない、と考えたか。

「お漣、おまえの大砲でなんとかできるか――」

「できるけど、無理だね」

蘭の問いかけに、お漣は首を左右にふった。

「脅かしたって逃げないだろうから、本物を撃たなきゃいけない。けど、ここじゃあ、森に火が回る。そうなると……」

「山火事からは逃げられぬ、か」

徹之進が沈痛な顔で言うと、お漣は、にこりと笑って言った。

「いえ、そうじゃなくて。騒ぎが大きすぎるかなと。いざとなれば、そいつは猿みたいに木を渡っていけますからね。あたしと旦那くらいは、抱えていけるバカ力だし」

「おいてくぞ。おまえだけ」

むすっとして、蘭が言った。

「だいたい、木の枝が重みで折れるわ」

と、そこまでやりとりしたところで、会話を邪魔する、鬼の叫喚《きょうかん》が響いた。

木々をかきわけて、まずは一匹。

「あれも、旦那のお友だちで？」

「いや……見知らぬ男だ」

ぼろぼろになった衣服は、どうやら旅装束らしいから、よそ者が何かのはずみで森にまぎれこみ、犠牲者となったのであろうか。

長槍をかついだ、身の丈六尺を越える男が、額に長い角をはやし、目を赤く光らせ、筋肉で体軀を膨れ上がらせた異形《いぎょう》となって吠えている。

ぐるりと白羽組の面々を見回し、ひたと眼を据えたのは、やはり蘭であった。

「やっぱり、バカ力同士、気が合うのかね？」

「合うわけなかろうが」

憤然と言って、かまえ直す蘭。

ぴたり正眼。口もとに、かすかな笑み。

「ようし、来い」

くいと顎をしゃくってやると、大柄な鬼は、虎《とら》か獅子《しし》のごとくに吠えた。

殺気をこめて、ぶうんと大槍を振り回そうと……。

がくん、とその槍が、中途でひっかかった。

はりめぐらされた、お輪の糸に、だ。

ただの糸なら、あっさりちぎれただろうが、お輪の妖力がこもっている。

鬼が、あわてて槍を引き戻し、かまえ直す。

「合わせる義理はないっ」

蘭が飛びこんで、喉《のど》もとに突きを一撃。それで鬼は倒れ伏した。

「助かったぞ、お輪！」

と、蘭がほめても返事はない。術を使って体力を使い果たし、いまは黒丸の背で、くうくうと寝息を立てている。

「油断するんじゃないよ。まだ来てる」

お漣が油断を叱咤すると同時に、木々を押しのけ、二十数匹の鬼があらわれた。先ほど、気を失わせたはずのヤツらも、もう目覚めたようだ。

どいつも刀か槍、あるいは弓で武装していた。人間離れした巨軀のものもいれば、額に角だけでなく、背中から木の枝を生やしているものもいる。それはクネクネと動き、まるで第三、第四の腕のようだ。

「戦いを好み、争乱に明け暮れる生涯を送ったものは、死して後、阿修羅道なる世界に生まれ、修羅となって千年万年を戦い暮らすという。その姿は、多臂多面《たひためん》ときく」

徹之進、なかなか知識も豊かであるらしい。

彼が解説したように、あらわれた鬼ども、修羅のごとくではある。

蘭は、面倒そうに舌打ちした。

「お漣もお輪も使えないなら、一匹ずつ倒すしかないか……」

敵は、先ほどの倍ほど。だがその半分は、修羅と化して長いからなのか、完全に妖怪じみた見かけになっている。おそらく、力もそれに比例しているであろう。

「まあ、それも面白い、か」

凄絶な笑みを、蘭は浮かべた。

その闘気に、武士の本能を刺激されたか。徹之進もまた、刀をつかんで立ち上がろうとした。

だが、それに先んじて、やや不機嫌そうにお漣が声を発した。

「面白がってんじゃないよ。バカ正直に、全部と戦うこたぁないんだよ。ホントにあんたは大雑把だねえ。……親玉が、来るよ」

ちょっと溜めて、言い放つ間《ま》を計ったお漣の言葉が終わると同時。

めきめきと音を立て、一本の若木が押し倒された。

そうして森の奥から姿をあらわしたのも、また一本の樹木であった。

ただし、樹木であるのに、着物めいた布をまとっている。左右にはりだした太い枝は腕のようであり、絡み合って二つの束にまとまった根は脚のようであった。

幹に、いくつかのうろが並んでいるが、これは配置の具合で、大きな顔に見える。

常に悲痛の叫びをあげているような顔だ。

「へえ、こいつが修羅の樹か。でかいのはいいけど、不細工だなあ」

蘭の悪口が、聞こえたのかどうか。

わあっと、ほかの修羅たちが襲いかかった。

ぱんぱんぱんと立て続けの銃声が響く。修羅の一部が、たたらを踏んだ。お漣が、幽霊船から呼び出した銃で、牽制《けんせい》の援護射撃をしているのだ。

お漣は、銃を撃っては捨て、撃っては捨てしながら、徹之進に向かってにっこりと微笑んだ。

「当てませんから安心してください。当てても峰打《みねう》ちにしときますからね！」

「鉄砲に峰打ちがあるかいな……」

黒丸の背で、お輪があくびまじりに言った。

「おう、起きたか。お輪ちゃん」

「……うるさいよって、寝てられへん」

お輪が、糸をゆるめて、空中で止まっていた枝の矢を、敵の頭上から雨のように真下へと降らせた。

それによってまた、修羅どもが動きを止める。

「よし！」

蘭が、敵の合間を一気に駆け抜けて、修羅の樹に迫った。

彼女は、たたんと地面を蹴った。飛翔するがのごとく舞い上がり、お輪の糸を足場にさらに跳躍する。一気に修羅の樹のてっぺん近くまで駆けあがったかと思うと、その木刀が真《ま》っ向唐竹割《こうからたけわ》りに振りおろされた。

がぐわらん！　と、固いものがぶつかりあう音がした。

蘭の木刀が跳ね返されている。

「あ、いってえ」

呻きをあげつつ、蘭が空中でその身をひねった。着地する。

「くそ、手がしびれたぞ。木のくせに、なんて硬さだ」

彼女の腕が、無意識のうちに巨大化し、獣の毛に覆われている。蘭が父から受け継いだ血のなせるわざだ。その、恐るべき膂力、握力がなければ、木刀が手から吹き飛んでいただろう。もちろん、木刀そのものも、尋常ではない強靭さをそなえている。そうでなければ砕けていたはずだ。

修羅の樹が、咆哮《ほうこう》をあげた。獣の雄叫《おたけ》びとも、人の気合いとも異なる、ざわざわと風で枝が揺れるような声。

それとともに、修羅の樹のあちこちで、一斉に芽が吹いた。それらは見る見るうちに育って、尖った枝となった。さきほどふってきた枝矢《えだや》の正体がこれだ。

至近距離から、枝矢の雨が、蘭へとふりそそごうとした。

それを見つめる黒丸の、垂れた目が、一瞬吊り上がり、その手の中に白い羽があらわれる。けれど、彼が何かをする前に、お輪が動いた。

「……まかしといて……」

からからからと糸車の回る音が響き、妖かしの力がよじり合わされ、糸が繰り出される。その糸は、先刻より、ずいぶんと本数が少なかった。

だが、要は使い方だ。

空中で一矢一矢を絡めとるには、敵の矢数に匹敵する本数が必要だが、射出前にまとめて縛れば、こちら側は数が少なくてすむ。ぎりぎりっと束にして締め上げた。

「せやけど……長いことは……無理や」

いまにもお輪のまぶたは閉ざされそうだ。彼女は、妖力を使うと眠って補充する。この眠気は、我慢できるものではない。

「まかせとけ！」

と、叫び返した蘭のもとへ、角を生やした、配下の修羅たちが押し寄せた。

ふたたび跳躍して、蘭がそれをまとめてかわした。はりめぐらされた糸から糸へと飛んで、もういちど修羅の樹へと迫る。

「今度こそっ」

気合の叫びを上げて、蘭の体が、さらに高々と宙を舞った。

「同じことやってるんじゃないよ！　敵の弱いとこをつくんだ」

お漣が叱咤の声を飛ばす。

「どこだよ！」

「ここさ！」

ががががんとすさまじい早撃ち。弾ごめのすんだ銃が、次々に手の中にあらわれるお漣だからこそ可能だ。

銃弾が、修羅の樹の幹中央あたりの集中し、うろとうろの間を吹き飛ばす。

顔のようだったうろが、ひとつの大きなうろになり、その奥にひとつの、干からびた死骸がおさまっていた。戦国頃の古い鎧《よろい》をまとう、武者《むしゃ》の亡骸《なきがら》だ。

「おっさんが元凶かあっ！　成仏しやがれぇえ！」

舞った蘭がそのまま急降下。頭上でくるりと木刀を回転させ、そのまま死骸の頭に突きこんだ。錆びた兜《かぶと》をかぶってはいたものの、鋼《はがね》とて砕くのが、蘭の木刀だ。

ぐわらっしゃという音とともに、兜も頭蓋も、もろとも粉々に砕け散り、あたりに声なき絶叫がこだました。

叫びの後に、恨みの思念があたりを覆った。

（……ぬうう……足りぬ……戦い足りぬ……。六道合一の儀式がなれば……わしも呼び還《かえ》していただくぞ。……その時こそは……その時こそは……）

「はあ？　おい、儀式ってのはなんのことだ！」

幹の中途に舞いおりた蘭が、残った死骸に語気荒く問いかけても、むろん返事はない。残る四肢《しし》と胴体が、一瞬にして埃《ほこり》と塵《ちり》と化す。

同時に、修羅たちもばたばたと倒れていった。体がしぼむようなものもいた。

「ちぇ、こいつまで手加減しろとか、やってられんぞ」

蘭は、かっと幹を蹴り、ぼやきながら地面におり立った。

「もうちょっと楽しませてもらってもよかったんだがな」

言いつつ、蘭は額の汗をぬぐった。冷や汗というわけではなく、戦いのために運動したことで、汗をかいたのだ。秋深く、風は肌寒いほどだが、蘭にとってはまだまだ暑い季節である。

「いやあ、さすがは白羽組の姉さんたちだ。三人そろえば怖いものはねえですな」

黒丸が声をはりあげた。怖かった吊り目は元の垂れ目に戻って、手のうちにあった白い羽も消えている。仲間は誰も気がつかなかっただろう。

「お輪ちゃん。もう、糸を仕舞っても大丈夫だぜ」

黒丸が言うと、すでに安心して目を閉じていたお輪が、自分の体をゆすった。からからとゆっくり糸車の回る音がして、糸が少しずつ、お輪のもとへたぐられてゆく。

そのお輪を背負ったまま、黒丸は近くの修羅に近づいた。

「おい、気をつけろ。おまえがどうなってもかまわんが、お輪に何かあったら……」

「おっと、そうでやすね」

ととっと離れた黒丸は、お輪を蘭に預けて、もう一度、倒れた修羅のかたわらにしゃがみこんだ。小柄な一体で、木製の余分な腕もない。

黒丸は、修羅の額に手をのばし、その角を軽く引っ張った。

「ああ、こりゃあ、すぐに助けるってのは無理そうですねえ」

手を放して、黒丸はぽりぽりと頰をかいた。

「どういうことだ？　あんまり適当なことを言ってるんじゃないぞ」

蘭は、近づこうとして、さっき背中に受け取ったお輪のことを思い出して止まった。

「その角みたいになってる枝は、修羅の樹から接木《つぎき》されたもんだろう？　人間に接木ってのも妙な話だけどねえ」

お漣が、徹之進を、ちらちら気遣わしげに見ながら、声をかけてくる。

「そのようで」

黒丸は、倒れた修羅の額やつむじに指をはわせながらうなずいた。

「根っこがしっかり張っていやがるから、抜こうにも抜けねえ。無理に抜いたら、頭の中身まで引きずり出されちまいますね」

「で、では！　みなはもう助からんというのか！」

徹之進は立ち上がり、そのままふらあと揺れた。

「お気をつけて。河童の軟膏で傷はふさがっても、流した血が元に戻ったわけじゃありません」

すかさず支えたお漣が流し目を送ったが、徹之進は、その目つきに気づかない。心配そうに、倒れた修羅たちを見ている。妖かしによって異形の姿にされたとはいえ、友人なのであろうから。

黒丸は、立ち上がって、徹之進に微笑みかけた。

「なに、大丈夫でやしょう。本体の修羅の樹はぶったおされたんだ。妖力が尽きれば、すぐに枯れちまいまさあ。そうなりゃ、みなさん、お目がさめますよ」

「だが、そううまくいくものであろうか。修羅の樹が滅びるとき、奇怪な声のようなものが、拙者の頭の中で聞こえた」

「そうだな。呼び還してもらうとか言っていた。なんとかいう儀式がどうとか」

蘭がうなずくと、徹之進が、苦渋の表情で言った。

「もしも、あの樹が蘇《よみがえ》るというなら……また操り人形にされぬうちに、みなを……安らかにしてやったほうがよいかもしれん」

「よしなせえよ。早まったことは。旦那ぁ、生真面目だねえ。まあ、お侍としちゃ、それでいいんでしょうがさ」

黒丸が眉をひそめてたしなめ、それから、首をかしげた。

「やつは六道合一とか言ってましたねえ。六道といやあ、一天地、六に人、修羅、餓鬼とそして畜生道の、生まれ変わりがどうとかいう説法に出てくる言葉だが、そいつを合一するというと……ええと……あれはどこで聞いたのだったか」

「どうしたんだい、黒丸？　なんだかもったいつけるじゃないか。知ってるんなら、さっさとお話しよ」

そう言いつつ、お漣は、抱きしめた徹之進の腕を、豊かな胸乳《むなぢ》に押しつけている。

もちろん、徹之進は、その感触に気がついてもいなかった。

「いや、それが本当に思い出せねえんで。……こりゃあ、白羽さまにお尋ねしたほうがいいかしれやせん。ちょっと待っててくだせえ」

黒丸が、ふところから小さな天狗の人形をとり出して、木々の間に姿を消す。

その人形に声をかけると、白羽丸に聞こえるのだという話だが、たいそう妖力を消耗するとやらで、いざという時しか使わない。

「あいつ、なんで我々の前では白羽さまに連絡をとらんのだ」

蘭がぽつりと言うと、お漣がにやりと笑って、からかった。

「あんたが、白羽さまって言うと、舞い上がるからでしょうよ」

「うるさい！　いまのおまえに言われとうないわ」

二人のやりとりを、徹之進が、けげんな顔で見つめていた。修羅となった仲間から目を外して、お漣に尋ねる。

「……その白羽さまというのは？　そもそも、そなたらの素性は……旅芸人ではない、わな？　神の使いか何かなのか？」

お漣は、一瞬、躊躇《ちゅうちょ》した。蘭がすごい目でにらんできたが、彼女は、正直に話してみようと決断した。もう、さんざん正体を見せてしまったのだ。

「白羽さまってのは、あたしらのお頭《かしら》でしてね。日ノ本の天狗を束ねる一族の若大将なんですよう。白羽さまは、母上が人間でらっしゃるもんですからね、人間と妖怪が争うことを憂えて、自分と同じく、妖怪と人間が半々なあたしらを集めて、そういったことを防ぐようにお命じになったんですよ」

お漣は、自分たちの素性について、いくらか細かいところの説明をはしょったが、ウソはついていない。

「白羽さまに代わって悪党どもの急所を貫く穂先。ゆえに、我らは千槍組という」

蘭は、いささか気取った声で言ってしまった。お漣は、恥ずかしそうな顔になったが、聞かされた当の徹之進は、感心したようすでうなずいている。

と、そこへ黒丸が戻ってきた。

「調べて、矢太秀に届けさせてくださるそうでさあ」

ぐるっと仲間たちを見て、視線は最後に徹之進へ落ち着いた。

「それにしても、坂口の旦那は、人並みはずれて鋭敏な勘をお持ちのようでやすな。あれは、魔物妖怪が発する思念の声てえやつでね。たいがいの人間は、気がつきもしねえはずですが。気づいても、妖気にあてられて、わけもわからず気分が悪くなったりがせいぜいなんですがねえ、はっきり聞き取るたあ、たいしたもんだ……」

そこで言葉を切った黒丸は、のんきそうな垂れ目の奥に、鋭い眼光を宿らせた。

「ねえ、坂口の旦那？　もしかして、里のほうでも、あやしげな何かを見たり聞いたりはなさってねえですかい？　なにね、白羽さまがおっしゃるには、この修羅の樹が親玉ってこともなかろうと」

その問いかけに、徹之進は、深々とうなずいた。

「……ある。心当たりがある。だが、その話をする前に、ひとつうかがいたい」

なにやら覚悟を決めた徹之進は、ぐるりと美女たちと黒丸を見回した。

「その……みなさまも、なかば妖怪……という話だが？」

「あたしは人間ですよ」

ほぼ反射的に返事をしてしまってから、お漣は、申しわけなさそうに仲間を見た。

「西洋の幽霊船にとり憑かれてるんで、半分妖怪、ではあるんですけどね。あたしも、そしてお輪も蘭も黒丸も、半分妖怪で半分人間という中途半端さです」

「私の場合、正しくは四分の三だがな。妖怪の血のほうが濃い」

蘭が、妙なこだわりを見せていった。

妖怪に近い、というほうが彼女にとっては誇りなのかもしれない。

「……半分妖怪とか、やっぱり、気味悪いですよねえ」

お漣がおずおずと徹之進を見上げた。

「何をおっしゃる。助けてくださった恩人に、そのようなこと思うわけはない。信じてくだされ。そもそも、気味悪いと思う相手に、このように身を預けたりせぬ」

徹之進は、自分の腕を抱えて、よろめかぬよう用心してくれているお漣を、ふりほどいたりはしていない。

「いまのは、みなさまにそれだけの力があることを確かめたいがゆえ。そして、妖怪としての素晴らしい力を見こんで、お願いしたいことがある」

徹之進は、ゆるゆると腰をおろした。

「素晴らしい？　妖怪の力が？」

そんなことを言われたのは初めてで、お漣も蘭も、黒丸もどう答えていいのやら。

お輪は、すうすう眠っている。

戸惑う千槍組を前にして、若い侍は、両膝を地につけ、そしてぐっと握りしめた拳をも、地面につけた。

芝居がかっているが、困ったことに真剣である。

「この森に入って、おのれがただの人でしかなく、妖怪魔物に抗し得る力を何も持たぬことを悟った。されど、いま我が藩は、恐るべきものどもに荒らされておる。みなさま方が、妖怪と人の争いを止める千槍組とおっしゃるなら、なにとぞ我らに力を貸していただきたい！　命がけの戦いに、あなた方を巻き込むのは不本意なれど、拙者のみではいかんともしがたく……！」

徹之進は、大地に伏して、声をはりあげた。

黒丸が眉の片方をあげ、蘭とお漣は、顔を見合わせた。蘭がうなずき、お漣は、やさしい声で呼びかけた。

「お顔をあげてくださいな。そんなことされなくても、あたしらは……」

「……ひとつだけ、聞きたいことがあるねん」

「おう、お輪。目覚めておったのか」

「……聞きたいことがあるねん」

蘭の言葉を、とりあえず流して、お輪は二度繰り返した。

「なんでござろうか。拙者にお答えできることなら、なんでも」

顔をあげた徹之進は、覚悟を決めた顔つきで応じた。なにせ、お輪の声音はたいそう真面目なものであったので、妖怪と人間のかかわりなどについて、深い考えを問われるものとでも思ったのだろう。

「……おにいはんは、お嫁か許婚は、おるんやよな？」

「は？」

問われた徹之進が、一瞬、ぽかんと口を開けた。にやりと笑った黒丸を、蘭がじろりと睨みつける。お漣は、ドキドキと答えを待つ顔つきだ。

しばらくあっけにとられていた徹之進だが、すぐに表情をひきしめた。何か、明らかに誤解している生真面目な態度だ。

「……なるほど、さすがは千槍組。すべてお見通しでござったか。確かに、ご家……家老立花内膳が娘、茜《あかね》どのは我が許婚。されど、それで立花内膳を追求する矛先《ほこさき》がにぶることはござらぬ。茜どのも、お父上の変心をいたく嘆き、まこと、殿や民を裏切ったなら、さしちがえることも辞さぬ覚悟。拙者も、ともに死んでもかまわぬ」

力み返って吠える徹之進の死角で、お漣が、しょんぼりと肩を落としていた。

「……おにいはん、うちに損をさせた」

お輪は、ぷうっと頬をふくらませた。

「……は？」

またも、きょとんとして言葉を失う徹之進である。

お輪と黒丸の賭けや、お漣がいつもいい男を見ては心を寄せて、そして恋を失っていることなど、彼には知るよしもない。

「気にしなくていいっすよ、旦那」

黒丸がニヤニヤ笑って口をはさんだ。

「それはそれ、これはこれ。千槍組のみんなは、妖怪と人間の争いをおさめるためには、力を惜しみませんや」

「せや。損させた人でも、見捨てたりせん」

お輪が言って、みながうなずいた。

「よく意味はわかり申さぬが……かたじけないっ！」

● 拾の幕 ●

結局、修羅となった侍たちは、森の中で寝かせておくことにした。

黒丸の判断《みたて》が正しければ、目覚めるのは、角となった枝が朽ちてからで、それまで見張っているわけにもいかなかったからである。

風邪《かぜ》をひいたり、いささか腹を減らすかもしれないが、死ぬことはあるまい。

修羅の樹を滅ぼした後は、森を包む闇も、かなり晴れた。

太陽を見ることも可能になっていた。

やはり、森全体を、何かの妖力が支配していたようである。

それがなくなれば、脱出は簡単なことだった。

森を出た後、徹之進は、もとの小舟で対岸へ戻った。そこの村に、馬を置いてきたからだ。

千槍組の一行は、荷車を取りに戻った。黒丸が本気で駆ければ、大八車を引いていても、かなりの速度だ。お輪とお漣はそれに乗った。蘭は身軽さなら黒丸に勝《まさ》る。

徹之進とは街道で合流したが、さほど待たせずにすんだはずだ。

そのまま、彼の案内で、領主である山室一族が居をかまえる、夕霧《ゆうぎり》城下の町へ向かった。海比呂は、さほど広い国というわけでもないが、回り道も多かったので、城下町に入ったのは、ほぼ真夜中に至ってからであった。

徹之進の屋敷が、町の外れにある。

北側に海をのぞむ港町なのだが、徹之進の屋敷は、町の西側にあった。町の西と南は山が迫っているが、東は広がり、農地となっている。屋敷には、山の間道《かんどう》を抜けて入った。誰にも行きあっていない。

徹之進の坂口家は、名家でもなく泡沫でもない中堅どころで、屋敷がまえも、地方の小藩の家士としては平凡なものであった。

ただ、人の気配は少ない。徹之進の父母は既に亡くなっているということで、年老いた使用人たちがいるばかりだった。

起き出してこようとした彼らをなだめ、簡単な食事の用意だけして下がらせる。

「いまからさっそく探索とは……いくらなんでもお疲れでは」

寝床の用意をさせなかったのは、この夜のうちに、若殿のようすを確かめ、家老の身辺を探ると、千槍組の面々が言ったからである。

「なあに、あっしらは並みの体じゃございませんからね」

「あたしは、ふつうに疲れるんだけどねえ」

お漣はそう言ったが、気遣わしげな表情の徹之進が見ているのは、やはりまだ幼く見えるお輪である。茶碗と箸を持ったまま、こっくりこっくり揺らいでいる。

「なに、お輪ちゃんは、ふつうに眠いわけじゃあなくて、妖力が足りないとああなるんで。ふつうの疲れとは縁のねえ体でさ」

「だからって、無茶をさせていいわけではないが」

蘭が苦《にが》い顔つきで言う。

「無茶はしてへん」

がくんとつんのめって、お輪が、ぱちりと目を開けた。

「……だいじょうぶ。心配はいらへん」

もぐもぐと飯を食べながら、蘭に向かってうなずいた。口のまわりが飯粒だらけだ。

「お疲れなのは徹之進さまでしょう。いくら、あたしらがさしあげた秘薬の助けを借りているとはいえ、その効き目が切れたなら、もうお体も動きませんよ？」

許婚がいるとわかっても、すぐに手のひらを返せるお漣ではない。いたわりの言葉は、本心からのものだ。

「わかっておりますが、ご家老の屋敷のことなら、拙者はよく存じております。みなさまのご案内くらいはできようかと……」

「あのう、旦那さま」

と、そこへ、障子の向こうから声がかかった。

戻りに出迎えてくれた老いた従僕の声である。

だが、念のために、千槍組は身構えた。お輪は、箸《はし》を武器のように構えている。

「なんだ。飯の片づけか？」

徹之進が柔らかい声で言った。

「へえ、それもありますが、すいません。茜さまからいただいた手紙をお渡しするのを忘れておりまして……」

「なんだと！　どうしてすぐに言わぬ！」

徹之進の怒声を浴びせられて、障子の向こうで従僕がすくみあがる気配がした。

「あっしらのような、素性の知れぬものが一緒におったからでございましょう」

「みなさまは私の命の恩人です！　だからこそ座敷にもあがっていただいた。それを疑うなど……！」

と、そこまで言って、徹之進は頭が冷えたらしい。

「いや、おとなげのないことでござった」

固い顔で頭を小さく下げる。

立ち上がり障子を開けて、老いた従僕にも声をかける。

「すまなんだな。茜どののことを案じておったゆえ、許せよ」

「いえ、とんでもねえことです。年をとると、物忘れがひどうなって。ほんに……」

そう言いつつ、老従僕は、手紙というよりも、乱雑に折りたたまれただけの紙片を取り出した。ただ、表書きの、徹之進さま、という文字は、流麗な筆跡であった。

徹之進が、ぱらりと手紙を開いて、廊下に立ったまま読みはじめる。悪の首魁《しゅかい》とみなされている家老のもとにいる許婚からの、急な頼りだ。気になるのも当然だろう。

その姿に、ちらりと視線を投げつつ、お漣は、さがろうとしていた従僕に尋ねた。

「親父さん、すまないけど教えてもらえるかねえ。その手紙ってのは、どういう人が持ってきたんだい？」

お漣が、続けた。

「別段、やきもちで尋ねてるわけじゃないよ」

言わずもがなの言い訳を、仲間内だけに聞こえる声でする。

「持ってきたのは、およしどんです。わしの遠い親戚で、茜さまの身のまわりの世話に使われとる娘なんですが……。今日、茜さまがいきなりお金をくだすって、手紙を届けたらその足で、父母のもとへしばらく孝行しに戻っているように仰《おっしゃ》ったとかで」

「へえ……茜さまっていうのは、よいご主人さまなんですねえ」

お漣が、ちょいとしどけない仕草を見せると、枯れきってみえた老従僕の口も、つるつるなめらかに動くようになった。

「そりゃあもう。弱い者には優しく、強い者の乱暴には毅然となすって、うちの旦那さまにふさわしい、三国一の花嫁で」

老従僕の答えは、お漣の胸をえぐるものではあったけれど、彼女もそこはぐっとこらえて、流し目を送る。

「茜さまはよいお方。けれど、遠い親戚の娘さんは、なにか屋敷でおかしなことが起こっているとおっしゃってませんでしたか?」

あてずっぽうの憶測だし、ふつうなら怒られそうなものだが、そこはさすがに、お漣である。

「へえ……それがのう、近ごろ、どんどん昔から仕えていた人がお暇を出されて、新しい人に入れ替わっておるそうで。しかも……」

老従僕は、主人をはばかったか、徹之進をちらりと見て、口をつぐんだ。

が、お漣が色仕掛けで籠絡《ろうらく》するまでもなく、その主人が先をうながした。

「言うてみい。かまわぬ、許す。いま、ご家老の屋敷で何か起こっておるなら、わしも知りたいのだ」

徹之進にも言われて、老従僕は口を開いた。

「新しく来た者はみな、どうも、いかがわしい、と、およしどんは申しておりました。

その、なにやら獣のような臭いがするし、態度も乱暴で。茜さまを屋敷に残しておくのは、たいそう心配だが、かといって……」

「恐ろしくて、戻る気にはなれないというのだな。よい。若い娘では無理もない」

そう言って、徹之進は、お漣たちをちらりと見た。もう尋ねることはないか、という意味であろう。

代表してお漣がうなずくと、徹之進は、優しい言葉をかけて、老従僕を下がらせた。飯の片付けは明日の朝でよい、と言い含める。

「ごっとおさん。美味《おい》しかったわ」

さがってゆく老従僕の背に、お輪が声をかけた。自分の口のまわりの米粒を次々にとって、ふところからひゅんと飛び出してきた、小さな車輪に与えてやる。輪入道の赤ん坊で、お輪がにゅう坊と呼んでいる、弟分だ。

徹之進は、驚いてそのようすを見ていたが、気を取り直して、口を開いた。

「茜どのの手紙、恐るべきことが書いてござった」

そこに記されていたのは、父親である立花内膳が屋敷の離れで奇怪な化け物どもと会合していたのを目撃した、という報告であった。人間のように二本の足で歩く狼、巨大な樹、それから泥の塊。

「泥田坊ですかねえ。まあ、泥田坊といってもいろいろいやすからね」

黒丸が、妖怪の種類を推測して、徹之進が目を丸くする。

「……ううむ。拙者、妖怪というのは一種類が一匹……もとい一人ずつしかおらぬと思っておったが」

「呼び方は、一匹でかまやしませんよ。ま、世に一匹しかないのもいれば、似たようなのがたくさんいたり、天狗や河童みたいに同じ名で呼ばれても人間同様にピンからキリまでってのもいまさあね。泥田坊ってのは、田んぼのある土地ならどこにでもいるし、強さや性質もいろいろです」

ふうむ、と感心して聞いた徹之進は、あらためて手紙に目を落とした。

「で、これによると、その妖怪たちは、それぞれ、畜生道、修羅道、餓鬼道と名乗っておった、とある」

「なら、あと天道、人間道、地獄道を名乗ってる妖怪がいるのかもしれやせんね」

黒丸が言うと、お漣が首を左右にふった。

「たぶん、人間道はご家老じゃないかね。あたしのカンだから油断は禁物だけどね」

「……お漣ねえやんのカンは、よう当たる。ええ男が絡んだ時のほかは」

にゅう坊を、またふところにおさめて、お輪がこっくりうなずいた。

「やかましい。とっとと寝ちまいな」

まなじりを吊り上げるお漣の隣で、蘭がこほんと咳払いした。

「それはさておき、そのような手紙が来たからには、徹之進どのは、茜どのを救いに行きたいのであろう？」

蘭が問いかけると、徹之進は、悲壮な表情でうなずいた。

「茜どのは、さらにお父上とお化けについて調べてみようと思うと書いておられます。そして、もはやお父上をこれまでのお父上と思うてくれるな、化け物にたぶらかされるなど家の恥。迷わず討ってくれ、と。そして……あ、いえ」

徹之進が言葉を濁した。しかし、お輪が、軽業芸で、ひょいと徹之進の肩に乗って、広げた手紙をのぞきこんだ。

「……徹之進さまに出会えた自分は幸せやった……やて。こら、なにがなんでも助けてあげなあかんな」

徹之進の顔が、真っ赤に染まる。それを見て、お漣が、少し寂しげに微笑んだ。

「わかりました。となれば、徹之進さまには、こりゃあ一緒に来ていただかなきゃなりませんねえ」

「なら、こちらは一人でもいいぞ」

蘭の申し出を、お漣は少し考え、首を左右にふった。

「よしとこう。もし、若殿さまとやらを連れ出せそうなら、そうしてもらいたいしね。なら、あんたら二人のほうがいいさ」

「ふん。まあ、おまえがそう言うならな」

蘭は、あっさりとうなずいた。

ここへの道中で、若殿のようすを見にゆくのが蘭とお輪、家老屋敷の探索がお漣、黒丸と決めていた。

若殿が姿を見せぬと、徹之進は言ったが、さらに詳しく尋ねると、ずっと城の天守閣にいるのだという。幽閉されているのかもしれぬ。

ともかく、城ともなれば、潜入するには、蘭の体力と素早さが必要だ。そして、いざという時の逃げ足のために、お輪を連れていくわけだ。

話がまとまったのを見て、黒丸が、芝居がかった仕草で手を広げた。

「じゃあ、千槍組、出陣と参りやしょう」

「……戻ったら、団子をおごってもらうで」

おなかを丸くなでながら、お輪はにっと笑った。

海比呂藩を統《す》べる山室一族が住まう城は、夕霧城と呼ばれている。季節を問わず、夕べになれば霧が海より流れこみ、里を白く埋め尽くすからである、という。

かつては堅固な山城であったが、田沼意次《たぬまおきつぐ》の時代に、失火により消失。交易奨励のために、城を海をのぞむ平城として建て直した。

戦いとなれば守りは脆《もろ》いだろうが、世は泰平だからと、そう考えたのだろう。海の水を引きこんだ堀は広く深いが、そのようなもの、蘭たちにとって障害にもならない。蘭は前髪を引き上げ、青く光る目から放つ冷気で氷塊を作り、それを足場に堀を渡った。

石垣を登るには、両手を父から受けついだ、巨猿のごとき形にすればよい。石垣を登り終えたら、そのまま城郭の外壁を登った。お輪は、その間、ずっと蘭の背にあった。彼女とて、軽業の心得があるし、何よりその糸を使えば、落ちることもない。背負われていた理由はひとつ。妖力と体力の温存である。

ともあれ、ほとんど音を立てることもなく、蘭は、夜闇に隠れてするすると壁を登ってゆく。彼女は、黒い忍び衣装に着替えている。形から入るほうだからだ。

二人を見咎《みとが》める者はいない。

城内はところどころに篝火《かがりび》が焚《た》かれ、見回る侍もおらぬではないが、誰が、外壁を登ってゆく人影などに注意を払おうか。

青みがかった、いささか欠けた月が城を照らしている。西と南にそびえる山々は影より黒く、ひたと闇におおわれた里はしんと静まりかえって、海はただ星々を映す。

蘭が、海に映る天守閣の影をしげしげと眺めていたら、それがどこか歪んでいる印象を受けたかもしれぬが——。

彼女はただ、目指す一点のみを見つめていた。

最上層である。

屋根瓦《がわら》を外し、力ずくで天井板に穴を開けるという、証拠を残しまくった手段で、蘭はそこへたどりついた。

「……ええんか、ねえやん？」

「いいだろう、別に。盗人じゃないんだ」

背中のお輪に言ってから、闇に閉ざされた部屋へ舞いおりた。むろん、音を立てるような無様《ぶざま》な真似はしない。身のこなしは、さすがである。

ふたりがおりたのは、畳敷きの広間である。

徹之進は、二度か三度ほど、先代の殿に目どおりがかなったことはある、と言っていたが、案内の図面を書けるほど、天守閣に精通してはいなかった。

ゆえに――あとは、あてずっぽうである。

まず、おりた部屋には誰もいない。そして何もない。がらんとしている。

「よし、行くか」

しばらく、あたりの気配をうかがってから、蘭はお輪を一旦、背からおろした。

「うん、行こう」

ごくふつうの、ひそめもしない声で、お輪は返答した。

家老によって、若殿が幽閉されているとしたら、手先の妖怪が見張りについている
かもしれないと、蘭たちは考えていた。ならば、半端に隠れても仕方がない。

ここへたどりつくまでは、隠れ忍んで騒ぎを回避することに意味はあった。しかし、
ここまで来れれば話は別。若殿が間近にいるなら、騒ぎを起こして、妖怪を引き寄せ
たほうがわかることもあるだろうと考えている。

目の前には襖《ふすま》があった。狩野派であろうか。松と鶴という平凡な図柄である。

「む……？」

蘭は、それをがらりと開けた。

「……ないわー。ありえへんわー」

そこは、百畳あまりもあろうかという大広間であった。

ありえぬ広さ。

天守閣の外見から考えて、絶対にありえない。その大広間の、壁一面にろうそくが灯されている。が、にもかかわらず、部屋は薄暗い。濃い橙色《だいだいいろ》の、よどんだ光に満ちている。

「お輪、用心しろ」

「……いちいち言わんでもええよ、蘭ねえやん。ねえ、あの奥」

ずっと行く手に、四方を御簾《みす》で囲まれた一角がある。おぼろな明かりがその内にあって、小柄な誰かが、影だけ映している。

あれが若殿とやらかと二人は思ったが、それを確かめる前に、御簾のかたわらに立つ、長身の人影に注意せねばならない。

その身にまとうのは、公家《くげ》風の衣《ころも》だが、えらく派手すぎる。

黒地に金銀、桜色。幹は銀色、流れる雲が金色、散る花びらは桜色。衣装に、夜桜を縫い取ってある。

その派手さに、勝るとも劣らぬほどに、顔立ちも派手だ。

が、声音《こわね》はなんだか地味で、抑揚がなかった。

「ようおいでた。狼どもより知らせを受けて、きっと今日あたりおいでと、お待ちしてござったぞえ。ぬふふふ」

「……せっかく綺麗な顔しとるのに、残念ないちゃんやな。笑い方、おかしいで」

お輪がつぶやいた。

「こりゃ、失敬な。高貴な笑いと申すもの。ぬふふふ」

と、感情をうかがわせぬ声で、派手な美青年が言う。

と、同時にその背に、真紅の羽が広がった。

「ほほう？　天狗の類か？」

蘭が、背負っていた妖怪樹の木刀を引き抜きかまえる。尋常な敵ではないと察して、すでに両腕は巨猿の形。前髪を通して、瞳が青い光を放ちはじめている。

「天道と呼んでいただけると、ありがたくそうろ。はぐれ天狗でござそうろ」

満面の笑みを浮かべたまま、すうと錫杖《しゃくじょう》を持ち上げる。

「……こいつ、かなりやるぞ、お輪」

じわりと、蘭のこめかみに汗が浮かぶ。ここまで登ってきたことによる汗か、それとも緊張によるものか、蘭にもわからない。

「そうなん？」

かくんと首をかしげて、お輪が言った。いつもの口調だ。ふっと、蘭のまとう空気も弛緩する。

刹那、はぐれ天狗を名乗る天道が動く。

音もなく畳を蹴って、膝の高さで水平に飛翔してくる。突き出される錫杖。まっすぐ突くと見せて、中途で変化。薙ぎ払いにきた。

「……応《おう》ッ」

気合い一閃、蘭が跳ぶ。前方へだ。飛翔してくる天道の、上を跳躍で越える。空中で、右目を隠していた前髪をはねあげる。瞳から青い光がほとばしって、錫杖の先端に氷塊を張りつかせた。天道が、氷の重みで体の均衡を崩して、その軌道が曲がる。畳に落ちて、ざりざりと厭な音を立てつつ、滑《すべ》った。

「おまえを相手にする意味はないのでな」

着地して前転。そのまま駆けて、蘭は一気に御簾までの距離を詰めた。こちらへ来れば天道も追ってこよう。ひいては、相棒であるお輪も安全。その算段で、御簾を掴んで、迷わず引きあける。首をつっこむ。

「若殿さん、あんたを連れ出しにきたぞ」

——と、言った次の瞬間。

蘭は、動かなく、なった。

御簾の向こうに、鏡があった。平々凡々、どこにでもあるような鏡だ。そこに、蘭の顔が映っている。

映っている蘭の瞳に、鏡が映っている。その小さな鏡に、また蘭が映っており、映った蘭の小さな小さな瞳にまた鏡が。

危険だ——と悟った時、とっさに前髪がはらりと落ちて、右目を隠してくれた。

それを幸い、さらにその奥で、氷を生じさせる。

けれど、左の目を、おのが手でふさぐのは間に合わない。

そこから、妖術が侵入した。

蘭は、おのが姿の無限の連鎖に巻きこまれてしまった。瞳と鏡であわせ鏡。時の流れが止まり、止まったがゆえにすべて押し寄せる。動きの止まった蘭の内部で、過去が、怒濤のように彼女の奥底からあふれてくる。

これが、仕掛けられた罠。敵の首魁の妖術であった。

蘭は、記憶の泥沼に落ちていった。

そもそも——。

蘭の祖母は、里におりてきた雪女《ゆきおんな》であった。正体が明らかになって、山に戻ったが、そのおり、生まれた子は人の村に残していった。

人と雪女の娘。それが、蘭の母である。

むろん、尋常でない苦労はした。それでも、どうにか人に溶けこんで生活していた。

だが、母は、父と出会ってしまった。

父は、異国船の難破によって、この国に流れついた。なんらかの使命があって、この国にやってきたということだったが、それがどんなものだったか、蘭は知らない。

蘭の父は、異国人――ではなかった。

父は異国の妖怪であった。天竺の北にそびえる、天に届く山々に住まう、雪男《いえてぃ》と呼ばれる一族だったのだ。

むろん、正体は隠していた。人を装う妖術は使えた。だが、異国人としか見えなかった。父と夫婦約束をした母は、生まれ故郷の村を追われた。

父と母、そして蘭。三人での放浪生活は、不思議と辛くはなかった。

だがそれも、父が姿を消すまでだ。父が消えたのは、蘭が十歳の時である。

理由はわからぬ。使命とやらのせいかもしれない。

棄《す》てられたわけではないと信じた。信じるしかなかった。

それからは、母と娘、ふたりで生きた。みちのくの山々を旅して暮らしたが、数年して酷暑の夏、母は病《やまい》に倒れた。

薬を求めて村におりた蘭を迎えたのは、村人たちの嫌悪の目であった。

妖怪ではなく、ただよそものを嫌っただけだが、蘭はそこに人間と妖怪の壁を感じとってしまった。

蘭はとぼとぼと戻り、母の手をとって、その死を看取った。

秋が来て、冬が来て、雪山で道に迷った村人を襲おうとした。理由はない。焚き木取りに来た父と息子が、仲むつまじそうにしていたからだ。

二人を凍りつかせようとした蘭を、一本の白い羽が止めた。

そこで出会ったのが白羽さま――。

鏡が、そこでひび割れる。

過去という泥流の流れを、妖術が捻じ曲げる。蘭の記憶が書き換えられた。

そこで――白羽丸に、蘭は会わなかった。

かわりに、父に出会った。優しく温かかった父が自分たちを捨てたはずはないと、これまで信じていた。だが、父は、おまえらが邪魔で使命を果たせず、故郷に帰れないから捨てたと、十五の蘭にはっきり言ったのだ。

すがる彼女を面倒とつきはなし、妖術を封じて、人間どもの村にほうり出した。それまでも、人間とのかかわりにろくな思い出はない。幼い頃は、嫌われ疎《うと》まれ、その体が育ってからはいやらしげな目を向けられた。

いやらしい目で見なかったのはあの人くらい……その連想で、白羽丸のことを思い出しそうになる。だが、そこでまたも鏡がひび割れて、思い出を割り砕き、妖術が偽《にせ》の記憶を押しこんでゆく。

さらに、人間への恨み辛みは、思い出を書き換えるまでもない。それを拾いあげ、薄れかけていた記憶を、くっきりさせる。蘭の感情が、憎悪に塗りつぶされてゆく。ほんのわずかな時間で、蘭の中に十数年の時間が流れ、正しい時間と偽りの時間がせめぎあった。

恐ろしい、練達の妖術であった。

外から見ればほんのわずかな時間。お輪が、警告の言葉を発しはじめて、終わるまでに等しい程度しかなかったのだ。

術は、成立した。

蘭の心が、記憶の中からあふれた氷に包まれる。

ただ――蘭自身が仕掛けた、右目の小さな氷は、妖術の氷にまぎれて、敵に気づかれることはなかった。

「ぐふふ。かかったでございますな。では……」

「蘭ねえやん、そいつ……うちに似てる……」

お輪は、天道と名乗った相手の動きを見て、自分でもその理由がわからぬまま口走っていたのだが、それ以上、言葉を続けることはできなかった。

天道は、若殿のもとへ向かった蘭を追わず、お輪を打ち据えようとしたのだ。

ぶんと振り上げた錫杖が、お輪の頭へ迷わず振りおろされる。

びいん、という、少し濁った三味線の音色。

綾取りのような形で、左右の手の間に糸をはりめぐらせ、その手を頭上にかざして、お輪は攻撃を防いでいた。

天道が、錫杖を振り上げる。その一瞬の隙に、お輪はトンボをきって、逃げた。

「蘭ねえやん！　行こう！」

なんだかまずい。ここは逃げよう。直感に囁かれて、お輪は蘭へと呼びかけた。

ふらぁりと、蘭が動く。振り返る。

「行く？　どこへだ……」

低い、滅々たる声。その瞳に、もはや輝きはなく、白くつややかであった肌はくすんでいる。ずるりと足を引きずるように歩いて、お輪のもとへ。

「ぬひょひょ。かかりてござるよ、妖法鏡のぞき。ここなお方は、もはや我らの同志になった。みずからの心の内をのぞいて、真の望みを見出され、妖怪の楽園作りを手伝うてくれるのでそうろ」

派手な美しい顔だちに、満面の笑みをはりつけ、天道が言う。

「そなたも、鏡を見て、真実のおのれに立ち返りて参られよ」

天道が、お輪の背後に回ろうとする。

「蘭ねえやん……どないしたん。操られたとか……ないわ！」

ウソや、という叫びを、お輪は呑みこんだ。

蘭が、御簾の向こうを見ていたのは、ほんのわずか、人間が二呼吸するほどの時間にすぎない。だが、強烈な妖術であれば、心を惑わすなど、ほんの一瞬。

「キェイッ！」

裏返った声での気合いとともに、蘭が、妖怪樹の木刀を振るってきた。トンボをきって、お輪はそれをかわす。続けざまに木刀が振るわれ、続けざまにトンボをきる。だが、お輪が逃げてゆくほうからも、錫杖が突き出された。

間一髪。からからと糸車が回り、指先から伸びた糸が、天井に貼りついて、お輪の落下を止める。

ぶんと振り子のようにその身を揺らして逃れようとするが、天道も空を飛べる。糸の貼りついた天井板まで飛び、そこを破って、お輪を下に落とした。

さらに――。

「ギエエエエ！」

濁った声の蘭が、容赦のない勢いで木刀を振りおろしてくる。

切尖が畳にめりこんだ。のしかかってくる姿勢の蘭。口もとが大きく歪み、目はがくがくと揺れて落ち着かず。それでも、一瞬だけ瞳の奥がのぞけた。

（……いまは逃げるしかあらへん）

先ほども思ったことだが、蘭を思って迷いがあった。そこを思いきった。

「ガアアアッ」

蘭が、ことさらに大きく木刀を振り上げた。

お輪は、横に転がって逃げた。その行く先に、若殿の姿を隠していた御簾があった。いまは、先ほど巻き上げられたままになっている。

お輪は、そこに追い込まれようとしている。

若殿はいた。十歳くらいで、美しい少年であろう、表情に生気があったならばだが。

まさに、魂が抜けているという表現がふさわしい、ぼうっとしたようすで、金襴《きんらん》の座布団の上に座りこんでいる。

「……あんた！　そういうことか」

その座布団のすぐ横に、大きなひびが三つも入った鏡があった。蘭を妖術におとしいれた鏡である。天道が妖術の名を『鏡のぞき』と語っていたことで、お輪は、とっさにそれを見ないように、大きく首をひねった。

それでも、ちらりとお輪自身の顔が映ったのが、見えてしまった。

わずかに見ただけで、圧倒的な恐怖が、封じこめたはずの心の底から吹き上がってきた。自分が『殺された』時の記憶が、お輪の四肢を縛りつけ、気力を萎えさせようとする。

「にゅう坊、お願い……」

いまとなっては頼るしかない。

ふところから飛び出してきた輪入道が、みるみるうちに大きくなった。車軸の位置についたつぶらな瞳が泣き出しそうになっている。まだ子供で臆病だ。狼相手くらいならともかく、蘭が敵に回っては怯えてしまっている。

お輪がまたがると、すかさずころがりだした。

襖の前で、天道が待ち伏せている。

方向転換すると、そちらには蘭だ。

逆回転して逃げたが、そちらは壁だ。

追いつめられる。

ふだんであればありえない奇声をあげて、蘭が、でたらめなかまえで、壁を横殴りに木刀でぶったたいた。

「ウヒギエエ！」

壁が、爆発したかのように粉々に砕けて散った。

お輪と、にゅう坊の姿はない。ばらばらになっても不思議はない勢いだったが、逃げ延びている。外へ、虚空へだ。

壁に開いた大穴から飛び出して、空中を渡っている。

輪入道のにゅう坊に、飛行能力があるわけではない。お輪が、糸を遠く遠くへと一瞬で伸ばして、糸の道を作ったのだ。

城の天守閣と、遠い西の山並みをつないで、目に見えぬ空中通路を作りあげた。そこを渡って、逃げてゆく。

お輪は、木刀の直撃はともかく、破片を避けきれなかった。傷だらけでぐったりしている。にゅう坊は、超高速で遠ざかっていたが、糸の上は一本道だ。

それを見送りつつ、壁の破口から、さすがに蘭も飛び出すようすはない。

彼女のかたわらに天道が、ひょこひょことした、奇妙な歩法でやってきた。戦っているときとは、動きが違う。

天道は、相変わらずの満面の笑みを浮かべたまま、遠ざかるお輪を見送った。いや、真紅の翼を一度は広げたのだ。追いかけようとしたのであろう。

しかし――。

「間違いない。こやつらは〈妖かし守り〉。僧正坊の手先ども。噂に釣られてくれたか。こやつらを六道合一の生贄《いけにえ》にしてやれば、僧正坊も悔しがるだろうて。だが、それも生き延びてのこと。今宵は、地獄が訪れる日であったのう」

天道の口から言葉は出ているが、話しているのは明らかに別の何者かだ。天道は、そして海を見つめた。

海上に、巨大な異形の影が、出現していた。

天道のかたわらで、魂が抜かれたように立ち尽くしていた蘭が、ぴくりとふるえた。

●拾壱の幕●

時は、わずかにさかのぼる。

蘭とお輪が、夕霧城の壁を登っているその頃。

坂口徹之進に案内されたお漣と黒丸は、お国家老立花内膳の屋敷裏にいた。

さすが、代々の家老職とあって、広い屋敷をかまえている。

はじめ、徹之進は、玄関から堂々と入ろうとしたのだが、黒丸が止めて、ぐるりと回りこんだのである。

徹之進は、茜の手紙とみずからの体験を証拠として、内膳を問い詰める気でいた。

だが、いま、正面からぶつかるのは得策ではない。無用の騒ぎになる前に、ひそかに茜を連れ出すことを考えるべきだ。――という黒丸の説得に、折れたのであった。

であるからつまり――忍びこまねばならぬ。

そのために、よい場所はないかと探していたら、塀からはみだし、外にまで枝をはりだした松を見つけた。これを利用すれば、塀を乗り越えるのも容易だろう。

「これを見ると、この国がこれまで平穏だったことが、よくわかりますぜ」

黒丸が唸った。

治安が悪く、盗賊が横行するような地であれば、こういった枝は不用心であるから、切っておくものである。

「さて、っと」

黒丸は、ふところからとり出した縄をほうり投げ、枝に引っかけた。

ぐいぐいと引っぱり、枝がもつことを確かめて、縄を頼りに塀を登る。

上に、忍び返しのようなものも仕掛けられてはいない。

「さあ、お手伝いしますぜ」

黒丸は、お漣と徹之進を手招きした。

「お先にお願いしますよ、徹之進さま」

前後左右に目を配りながら、お漣は言った。並みの人間よりは、多少夜目は利く。

言われた徹之進。一旦、素直にうなずいたものの、黒丸を見上げた時、小さくため息をついた。黒丸は、忍びこみの気分を出すためと称して、黒装束に着替えて、ほっかむりまでしている。

「武士ともあろうものが、盗賊のような真似をしようとは」

徹之進の目がうるんでいる。やっぱり、感情の起伏の激しい青年だった。

「それでしたら、徹之進さまは、ここで待っていただいてよろしいんですよ」

お漣は言ったが、徹之進は、首をきっぱり左右にふった。

「いえ、先ほども言うたが。茜どのを救い出すのに、そなたたちだけを危険にさらすというわけにいかぬ。それに、拙者がいたほうが、茜どもの安心されるであろう」

「旦那がいたほうが、あっしら……」

危ないんでやすが、と言いかけた黒丸を、お漣が、じろりとにらんで黙らせた。

「……あっしらも安心ですよ」

塀の上まで引きあげたところで言い終えた。

「そう言うてもらえると、ほっとする。足手まといにはならぬつもりだ」

徹之進が、爽やかに微笑んだ。黒丸も、それ以上の皮肉を言う気にならぬ笑みだ。

黒丸と徹之進とでお漣を引きあげ、下りる前に、庭のようすをうかがった。

「ご家老屋敷の庭といえば、美しさが評判だったのだがなあ」

徹之進が嘆いた。月明かりだけでも、その荒廃ぶりは、はっきりわかった。草木は伸び放題であるし、池は濁って鯉《こい》の死骸が浮いている。石灯籠は倒れ、あちこちが泥沼と化している。

「残念ながら、手入れが行き届いてるとは言いがたいようでやすねえ」

黒丸がつぶやき、あがったのとは今度は逆の順序で、塀の内側におりる。

「ぬう……」

一歩踏み出して、ずぶりと足が沈む感覚と、それから押し寄せてきた異臭に、徹之進が不安げな顔つきになった。お漣も、眉をひそめている。

「まずは、急いで茜さまを連れ出すことを考えたほうが、ようございますね」

お漣は、妖怪と人間の争いを解決する仕事師《プロ》の顔つきになっている。

「茜さまがお休みになってる部屋はわかりやすか？」

「さすがに実際に入ったことなどはないが……。武家の屋敷の作りなど、大小のほかにそう違いはないものだ」

そう言って、徹之進は、みなを先導して歩きはじめた。

既に夜明けも近く、屋敷に明かりは灯っていない。

幸い、月と星は、それなりに明るい。

「夜目のほうは、だいじょうぶでやすか、旦那」

と、黒丸が尋ねると。

「御山奉行所の仕事で、けっこう夜歩きもするのでな、案ずることはない」

確かに、人間のわりには危なげのない足取りである。

「天狗というのは、鳥の顔をしておるのだろう。夜は平気なのか」

「はは、旦那。バカ言っちゃいけねえ。鳥の顔だからって、中身はちゃんとした妖怪だ。それにおいらなんざ、半分は人ですからね」

「ふむ。なるほど」

うなずいて、徹之進はぴたりと立ち止まった。行く手に何かの気配がしたのだ。同時にお漣と黒丸も身をひそめている。

がさがさっと藪を揺らしてあらわれたのは、一匹の三毛猫《みけねこ》。

「なんだ……」

「旦那、油断しちゃいけません。化け猫かもしれねえ」

黒丸に言われて、徹之進がぎょっと身を引く。だが、三毛猫はおかまいなしに進んでくる。ふっと、その鼻先を蛾《が》が横切った。猫は、蛾を追いかけて右へ曲がり――。

泥沼に足を踏み入れた。

「……！」

三毛猫は、そのまま、鳴き声ひとつあげる暇もなく泥に飲まれ、姿を消した。あぶくひとつ、毛の一本すら残っていない。

「こいつは、気をつけて進みませんとね」

お漣の言葉に、徹之進と黒丸がうなずく。

慎重にそろそろと……。だが、黙っていると返って緊張に耐えられないものだ。

「ひとつ、尋ねていいか」

徹之進が口を開いた。むろん、ささやき声である。

「おぬしたちの頭《かしら》の、白羽どのという天狗は、どうして、人間と妖怪の間のもめごとを解決しよう、と思われたのだ？」

疑っている声ではない。ただ、感心して、無邪気に理由を尋ねているだけだ。徹之進は、中身のわかりやすい男であった。なので、迷わず黒丸が応じた。

「……なに、簡単な話でさあ。あっしと同じく、白羽さまも、母上が人間なんですよ。もっとも白羽さまのお父上は、あっしの親父のような木っ端天狗じゃねえ。天狗の総大将である鞍馬山僧正坊《くらまさんそうじょうぼう》さまだ。日本十大妖怪のおひとりでさあ。いってみれば、天狗の徳川《とくがわ》さまみたいなもんで」

「ほう……。天狗にも将軍家があるか」

「ありますな。けど、偉くなるほど、もめごとが多いのも、人間の世界と同じでやんしてね。白羽さまのようなお立場だと、軽々しく出歩くわけにいかねえ。ましてや、お母上が人間となると、いかに白羽さまがすぐれた妖力妖術を持っていても、陰口《かげぐち》を叩くやつぁいるもんで」

「なるほど、わかった。自分で動けぬ分、優れた人材を選びぬいたということだな。ん、待てよ？　妖怪だから妖材というべきか？」

　徹之進が首をひねっている。

「ま、そんなことはどうでもよいか」

　自分でけりをつけた。

「つまり、白羽どのは、母上が人間であるから、強い妖怪にいじめられる人間を救おうと、みなさま方を集められた、と」

「いやあ、それはどっちかというと、逆なんじゃねえかと」

　黒丸がそう返答すると、徹之進は、いぶかしげな顔になった。

「それはいったい……どういう意味だ？」

　ふつうの人間で、妖怪のことなど昔話や物語でしか知らぬ徹之進には、意味のわからぬ言葉だったろう。妖怪といえば、人間を脅かし、襲うものとしか、思ってはいなかったのだから。

「いや……そうだな。みなさま方のような、良い妖怪もいるのだし、弱い妖怪、というのもいるのだろうな」

だが、徹之進は、感情の起伏が激しい分、柔軟な考え方もできる男だった。

今度は、黒丸に代わって、お漣が話す。

「力の弱い妖怪が、人間の悪事に利用されて、なんて話も見てきましたけどね、あたしたち。けど、白羽さまは、黒丸が言ったほど単純じゃいらっしゃいません。どっちか片方の味方じゃない。両方の味方をしたいとお考えだ」

「いやあ、そんな深いこと考えてませんぜ、あの人」

つい口をはさんでしまった黒丸が、お漣に睨みつけられて首をすくめる。

黒丸を黙らせて、お漣は、言葉を続けた。

「白羽さまや、お父上の僧正坊さまがおっしゃるには、大昔は、人間の数が少なかったし、特にこの国の民は、姿形の変わったものを崇《あが》めるってことを知ってたんで、人間と妖怪とかが、うまくやっていくこともできたんですよ」

「ふうむ、なるほど。では……今はそうではないのだな。確かに、人はどんどん山を切り開く。この国でも、わしら御山奉行所のものは、山をどういう順序で切り開けばよいかを考えておる。だが、そこに住んでいる妖怪にとっては、たまったものではないというわけだな」

「徹之進さまみたいな、わかりの早い人ばかりなら助かるんですがねえ」

お漣は、思わず彼の手をとりそうになって、なんとか自重《じちょう》した。

「いま、おっしゃったようなことですよう。人間の暮らし、妖怪の暮らし、それぞれに理《ことわり》がある。それがぶつかりあった時はどうするか。お偉い妖怪たちが話し合って、なるべく妖怪が身を引いたほうが、もめごとは少ないと結論づけた」

「……それはなんだか、申しわけないのう」

徹之進の言葉を聞いて、お漣と黒丸は、そろって微笑んだ。

「どうしようもない時は、人間に引いてもらうこともありますけどね。妖怪のなかには、すっかり人間に化け、妖怪の力も封じて、世間に溶けこんで暮らすことを選んでるやつも大勢いましたし。もっと山奥にひっこむか、自分らだけの隠れ里を作っててえのもいますのさ。天狗さまも、いまじゃすっかり出てきません」

「けど、数は少ねえが、絶対に引かねえってのもいやすし、人間を襲うのが大好きなんてのも。今回の黒幕野郎がそのどれかはわかんないですがね」

「……ご家老……いや内膳が、私利私欲のために、妖怪を操っている覚悟もせねばならんということだな」

徹之進の声に苦いものが含まれた。

それには、黒丸は、あえて返事をしない。

お漣は、話をずらした。

「あ、そうそう。さっき、姿の話をしてましたけどね、白羽さまは、あたしらの前においでになる時は、大天狗の面をかぶって、顔を半分隠してらっしゃるんで、ほんとの顔は知らないんですよ」

「そうなのか？　蘭どのの言いようでは、見目麗《みめうるわ》しい方なんだろうと思っていたが」

「ふふ、あの子は、人間といろいろあったんで、妖怪で性格がいい男ってなると、見た目関係なしで、贔屓目《ひいきめ》なんですよ」

「そうそう。そして、お漣ねえさんは人間のいい男となると……あイテっ」

黒丸に、拳固《げんこ》をいっぱつ食らわせて、お漣は言葉を続けた。

「おっと、こんなこと言ったからって、心配しないでくださいよ。あの子だって、千槍組のひとり。どんな色男の妖怪に誘惑されたって、あたしらを裏切るようなことはありませんから」

「いや、拙者、そんな心配は、ちらりとも頭をよぎらなかったが」

徹之進がそう言ったのは本心だろう。それを聞いて嬉しそうにうなずいてから、お漣の顔に、不安の色が少しだけよぎった。

「……まあ、妖怪の理想郷を作るとか、いじめられた妖怪をかくまってるとか、そういう話にゃ弱いんで、言いくるめられて騙《だま》されたことはありますけど……。なに、よっぽど強力な術でもかけられない限り、ちゃんと話せばわかってくれましたからね」

「そうか。お漣どのたち三人は、いろいろな危難を乗り越えてこられたのだなあ」

感心する徹之進の袖を黒丸が引いた。

「旦那、旦那。四人、四人。あっしのことも忘れないで」

「おう、これはすまぬ。……む、着いたぞ」

言葉が途切れて、足も止まった。

目の前に縁側があり、閉ざされた障子がある。

人はいるのか、いないのか。とんと気配はなかった。

「じゃ、男衆はここで待っていていただきましょう。若い娘の寝姿なんぞ、うっかり見ちまっちゃあ目の毒ですからね」

声をかける前に、まずはようすを見ようということだ。

「土足《どそく》で失礼いたしますよ」

わらじを脱いだり履いたりしている場合ではないので、そのまま縁側にあがる。

お漣は、そっと障子に手をかけた。

「そっちじゃないよ。茜さんは、こっちだ。助けてあげておくれよ」

ささやき声が聞こえたのは、その時である。声の主は、縁の下にひそんでいた。小さな影がうずくまって、目ばかりが炯炯《けいけい》と光っている。

「やっ。あやしいやつ」

徹之進が、刀の柄に手をかけた。

「ちょちょちょ。そいつあいけねえ」

あわてて、黒丸がその手を押さえこむ。

「おめえさん……ザシキワラシさんかい？　それとも、ムジナかなんかかい？」

黒丸が、縁の下をのぞきこみながら尋ねた。そこへお漣もおりてくる。

「どっちでもないやい」

ささやき声で返事があった。

「あたいは、アマメハギだい」

と、聞いた途端に。

「なるほど」

ポン、と徹之進が手を打った。

「茜どのほど、怠《なま》ける、という言葉に縁遠い方もおらんからな。アマメハギならば味方せずにはおられまい」

アマメハギとは、怠け者の足の裏の皮をはいで回るという、このあたりに伝えられる妖怪である。

「そいだけじゃないやい。あたい、まだちっちぇえから、みんなについてけなくて、置いてかれちまったんだ。茜さん、おかしな人だぜ。あたいを見ても、驚かずに、この庭に住んで、みんなが戻ってくるのを待ってていいってさ。アマメハギは怖がられないといけないのに」

小さな影は、ようやく月光のもとへ歩み出てきた。

アマメハギは、牙をむいた、恐ろしい鬼の顔をしていた。

「うおっ」

反射的に、徹之進は刀を抜いて身構えていた。

「そうそう。そうでないと、アマメハギやってる甲斐がないや」

アマメハギは、小さな手をぱちぱち叩いて喜んだ。

顔は恐ろしい鬼の顔で、だいたい人間のおとなと同じ大きさだ。ただし、胴体はなく、かわいらしい手足が、頭からじかに生えている。

姿を見て、黒丸が首をひねった。

「うーん。アマメハギってより、朱《しゅ》の盤《ぼん》みてえだな、おめえ」

越後、会津《あいづ》あたりに伝えられる妖怪の名を出すと、アマメハギはかわいらしく地団《じだん》駄《だ》を踏んだ。

「なんだと！　あんなのと一緒にすんな！　朱の盤てのがなんかしらんけど、あたいはちっちゃくってもアマメハギだい。恐れ入れい！」

チビアマメハギが、小さな手足をふりまわして怒る。

「悪いね。あたしらは半分妖怪だからさ。いちいち、びっくりしてらんないんだよ。そんなことより、茜さんってえ人は、どこにいるんだい。いまは、ぐずぐずしてる時じゃないだろう？」

お漣に諭《さと》されて、チビアマメハギは、そうだった、と飛び上がった。

「こっちだ、こっち」

ふたたび縁の下にもぐって、呼びかける声がした。

「よし」

勢いこんで飛びこもうとした徹之進を、お漣がさえぎった。じっと黒丸を見つめる。

「……へいへい。こういう下働きのために、あっしがいるわけですからね」

縁の下にもぐった黒丸は、すぐに戻ってきた。上等な仕立ての振袖を着た娘を引きずっている。もちろん、綺麗な着物はだいなしになっていた。

「茜どの！」

徹之進がとびつき、抱えあげた。

おおむね可憐な美形と呼んでいい娘だが、眉が太いのと、強く引き結ばれた口元が、意志の強さを感じさせる。

「茜どの、ご無事か」

徹之進は、彼女の身を軽くゆすったが、返事はない。彼女の目は、閉じられたままだ。呼吸も、ほとんど感じられない。

「ま、まさか……」

徹之進の顔が蒼ざめる。だが、チビアマメハギがあわてて言った。

「心配はいらないよう。この人の息を感じて追っかけてくるやつらがいるから、気配消しの結界だけじゃ、ちっと頼りなくってさあ。深く深く眠ってもらってるだけだから。一昨日《おととい》の昼間っから、ずっと隠れてたんだぜ」

「へえ、アマメハギにこんな特技があるとは知らなかったね」

お漣が感心する。

「あたいたちは、怠けものをさらって、働かないと食べていけないところへ、ほうりこむことがあるんだ。その時、起きたままだとうるさいし、高い空や水の中をくぐる時に大変だから、こういう術を工夫したんだよ」

チビアマメハギは、自慢げに言った。黒丸が、ちょんとチビアマメハギをつつく。

「てめえが工夫したみてえに言うじゃねえか」

「そ、そういうわけじゃねえけど、術を身につけるのだって、大変なんだぞう」

黒丸にからかわれ、チビアマメハギは、鬼そっくりの顔をぷうとふくらませた。

「ちょいと、あんたら。子供じゃないんだから、遊んでんじゃないよ。とっとと茜さんを、安全なところにお連れするんだ」

「……よいのか。何をたくらんでいるのか、ご家老に問い質《ただ》さなくて」

徹之進は、眠る茜をかついだまま立ち上がって、そう言った。むろん、心配なのは茜のことだが、侍として悪を正さねばという義務感と、板ばさみになっているようだ。

「それは後回しにしましょう。なんだかイヤな予感がいたします。もし襲われでもしたら、せっかく茜さんを守ってくれた、アマメハギに申しわけありません」

「む、なるほど。それはその通りだな」

お漣の言葉に、素直が取り得の徹之進が同意する。

さっそく来た道を戻ろうと踵《きびす》を返した。

が、あいにくながらその時だ。

「なるほどのう。おまえのようなものがついておったのかい。しかも、もともと娘の匂いが濃い、寝床の床下とは考えたもんじゃ。じゃが、わしらが導きいれてやったとも気づかず、のこのこ入りこんだそいつらにつられて、姿をあらわしたのが運のつきじゃったのう」

悪意に満ちたしゃがれ声が、ひひひという笑いと共に、屋根の上からふってきた。

月を背にして、二本の後ろ脚ですっくと立つ、人間より大きな狼。しかも、派手な真紅の小袖をまとって、頭に手ぬぐいをかぶっている。手ぬぐいの端を、きゅっと噛んでこちらを見た。お漣あたりがやれば、たいそう色っぽい型であったが、白く長い毛の雌狼では、おぞましいばかり。

戦疋狼を率いる、長老である妖狼《ようろう》、弥三郎婆である。

「子よ孫よ曾孫《ひまご》玄孫《やしゃご》そのまた子らよ、眷属《けんぞく》どもよ、いでませい」

そう弥三郎婆が呼ばわると、庭のあちこちにある泥沼が、ぼこぼこと泡を吐いた。泡がふくれてはじけると、そこから狼どもが姿をあらわす。

あっという間に、家老屋敷の庭は、狼どもで満ち溢れてしまった。むろん、ただの獣ではない。目は熾火《おきび》のように赤く輝いている。妖怪狼だ。

「ひいいい」

チビアマメハギが、黒丸の足にしがみついた。徹之進は、茜を抱き抱えたまま、抜刀もままならぬ。お漣は、手の中に長銃を呼び出した。しかし、いかに弾ごめのすんだ銃を無数に呼び出せるとはいっても、数が多い。四方八方から一斉に飛びかかられては、手が回りきらぬ。

「あたしが、手のたくさんある妖怪だったなら楽だったんだけどねえ。まあ、苦労はしそうだが、心配はいらない。なんとかしてみますよ」

本心ではかなりあせっているが、お漣は強がりを言ってみせた。

黒丸が口もとを引き結び、その目が徐々に吊り上がってゆく。

「さあ……」

弥三郎婆が、襲いかかれと号令しようとした、その時だった。

お漣の手から、黒い球体が投げられた。

それは狼たちの中に飛びこみ、一拍置いて、どかあんという轟音とともに、高々と火柱をあげた。

●拾弐の幕●

爆裂弾は、幽霊船からのものではない。とっておきの隠し技のひとつだ。

炎を使うことを知っている妖怪狼といえど、獣の本能から、完全に逃れきることはかなわぬ。その火柱を見た時、戦疋狼どももも、一瞬ではあるがひるんだ。

「いまだよ！」

お漣が、立て続けに銃弾を放《はな》った。すべてが命中して、数匹の狼がもんどりうった。

「すいやせん。お引き受けしやす！」

黒丸は、茜の体を、徹之進から奪いとろうとした。

徹之進は、わずかに抵抗の気配を見せたが、ものを持ち上げる力でも、足の速さでも、黒丸がはるかに勝っていることはわかっている。すぐにゆだねてきた。

「傷つけないよう、大事に扱わせていただきやす」

「黒丸は、半分天狗。立派な人間である徹之進さまがひけめを感じることなんざ、ございませんよ」

そのやりとりは、すでに走り出した後のこと。お漣の銃撃で、包囲にこじあけた穴を、一気にくぐりぬけてからだ。

ちなみに、チビアマメハギは、黒丸に蹴り上げられ、いまは腰にしがみついている。

「落ちるんじゃねえぞ、ちびっこいの！」

という黒丸の叫びに。

「何をしとるんじゃ、取り囲んで捕らえるのじゃ！　人間でないものは、殺してもかまわんからな！」

弥三郎婆の号令がかぶさる。

それを聞いて、お漣も黒丸も、いぶかしく思った。

人間でないものは……ということは、人間は殺すな、ということか。家老の娘である茜には、やはりまだ情があるということかもしれない。だが、徹之進も殺さないつもりなのか？　修羅の樹によって、修羅に変身させ、そのうえで殺し合いをさせている闇が森へ送りこんでおいて、何をいまさら命を救おうとする？

「ちょいと待ちな……修羅にされた侍たち。あれ、死んだやつはいたのかい？」

もしかして、この妖怪たち、人間は殺さないのか？　しかし、なぜだ。

お漣も黒丸も、疑問は抱いたが、いまはそれを落ち着いて考えているヒマがない。

狼どもの囲みを、完全に抜けたわけではないのだ。

お漣の銃が、続けざまに火を噴いた。それをかいくぐってきた狼を、徹之進の刃が迎え撃つ。

彼とて、腕には覚えのある身。まず一匹は、真っ向から頭を割られた。

だが、続けて二匹三匹とはいかせてくれなかった。二匹めは、自ら切尖に突き刺さって剣を封じ、三匹目が横から跳びきたって、もぎとっていったのだ。

「しまった！」

徹之進が呻く。彼を守ろうと、お漣は次の銃弾を、徹之進に迫る狼へ撃ち放った。

そいつはばたりと倒れたが、我が身を守るのが間に合わない。

お漣の細首を嚙みちぎろうと、特に大柄な黒狼が、ぐわっと大顎開けて迫って。

「ぎゃうん！」

そこへ別の一匹が、体当たりした。お漣にではなく、その黒い狼に、だ。

飛びこんできた狼は小柄だが俊敏で、黒い狼のふところにもぐりこんで、その喉笛《のどぶえ》を嚙みちぎった。

(兄の仇《かたき》……思い知ったか！)

飛びこんできた狼は、鋭い思念を発した。

もう一度、首がちぎれかけるまでひねって、とどめを刺す。追いすがってきた戦疋狼たちが、呆然と立ち止まっている。

(おい、こっちだ。逃げるのであろう)

飛びこんできた雌狼が、お漣や黒丸たちを一瞥し、首をふってうながした。ついてくるのを待たず、走り出す。

「これはいったい……我らをどこに引きこもうと……」

戸惑う徹之進の背を、黒丸が頭でつついた。手は、茜を抱えて塞がっている。

「考えるのは後ですよう！　こんな手のこんだ罠はねえっすよ」

「そういうものか？」

疑念を振り払い、死んだ黒い狼の顎からおのが刀をもぎとった徹之進は、雌狼を追って走り出す。黒丸を一歩先に行かせ、さらに先にお漣が、雌狼と並んで走った。

「あんた、もしかしてゆうべの？」

お漣が問いかけると、雌狼は、ちらりとこちらを見た。思念で応じてくる。

(……あの方はおらんのか)

直接、剣と牙をまじえた、蘭のことだろう。

「兄さんは、亡くなられたんですかい？」

(獄羅《ごくら》の誣告《ぶこく》のためにな。誇り高き我らにとっては、もっとも侮辱的な、よってたかつて嚙み裂かれての処刑だ……）

彼女が口にした、獄羅というおどろおどろしい名は、先ほどの黒い狼のことだろう。

「それは、やっぱり……」

（昨夜の戦いの敗北が理由、ということにされたがな）

お漣の言葉は、きっぱりとした思念でさえぎられた。

（兄は優れていすぎた。だから、いずれ真実に気がつくかもしれぬと恐れて、あいつが獄羅にあのようなこと言わせた。……あたしに、あいつを倒せる力があれば……）

そこまで会話した時だった。

「何をしているんだい！　裏切り者を殺しておしまい！」

屋根の上から叫びが飛んでくる。

追いすがってきた十余匹の狼が、一斉に雌狼に飛びかかった。

（……おのれ！　あたしまでもかっ！）

雌狼は、牙を月光に輝かせ、その体を車輪のごとく回転させて、襲来したうちの五匹を切り裂いた。さらに、残るうちの三匹をお漣が撃ち殺し、徹之進が一匹を斬った。

だが、その攻撃をかいくぐって残った一匹が、雌狼の右後ろ脚にがっぷりと喰らいつく。むろん、十匹だけで終わるわけはない。

次の十匹が殺到した。お漣と徹之進はさっきと同じ三匹と一匹を倒したが、肝心の雌狼が、脚一本を封じられ、三匹しか倒せない。

つまり、くぐり抜けてきた狼は三匹。雌狼の、残る脚にかぶりついた。

だめだ。こうなっては、もはや雌狼に対抗するすべはない。

「いけやせん！　かわいそうだが、あきらめやしょう」

黒丸が、いちはやくその場を走り出す。続いてお漣が、罪悪感でいっぱいの表情になった徹之進の袖を摑んで引きずる。いま、狼たちは雌狼にかかりきりだ。

（……おまえたちは、騙されているんだ！　六道合一は、妖怪の楽園を作るためのものなんかじゃあないっ！　あれは……！）

そこまでだった。かつての仲間たちが、雌狼に群がって、その肉を一寸ごとに嚙みちぎる。苦痛と憎悪で、筋道だった思念を発するどころではなくなり、雌狼が、狼の群れに埋没してゆく。

「だめだ。やはり見捨てられぬ……！」

徹之進が引き返そうとする。

「何してんですかいっ」

黒丸が、いよっと茜の体を肩にかつぎなおし、空いた手でしっかり徹之進を摑む。

さすが人間離れした怪力で、徹之進がもがいても、どうにもならぬ。

「だが……っ、恩人の危機を見過ごすわけには！」

黒丸が目を丸くした。瞳の奥に宿る感情は、優しい。

「相手は化け物ですぜ」

「気にするくらいなら、おぬしらと共に動いてはおらぬ！」

「村を襲いやした」

「それを逃がしたのは蘭どのなのだろう、ならばっ！」

村を戦疋狼が襲ったいきさつも、徹之進には伝えてある。それを知った上でも助けると、この若侍は言うのか。

「時《とき》ィ無駄にしてんじゃありませんよう！」

どぉんとすさまじい音がして、地面がびりびりと震えた。すさまじく重量のあるものが、中空にあらわれ、地面に落ちたのだ。

呼び出したお漣の目が黄金色に輝いている。

「お漣どの……っ、それは！」

徹之進が息を呑んだ。

「いけねえ、姐御。そいつはやりすぎだ」

黒丸の顔が青くなる。

そこに出現したのは、大筒ひとつ。

「うるさいよ！　そこどきな！　こいつで吹き飛ばされるかどうかが、あの雌狼のこれまでの悪行を計ってくれるさ！」

お漣が、その繊手《せんしゅ》をさっと打ち振ると、すさまじい轟音とともに、大筒が炎を噴いた。大きな弾丸ではなく、古釘や小さな弾丸が詰まっていた。威力は劣るが、広い範囲の目標をなぎ倒すことができる。

多くの敵に囲まれていたおかげで、真ん中にいた雌狼は助かった。

弾が届かぬ位置にいた狼どもも、これにはたまらず逃げ出した。轟音、炎、そして仲間が弾丸に引き裂かれたのを見て、獣らしく怖気《おじけ》づいたのだ。

中央にいた雌狼が、血まみれのまま、取り残される。

一匹二匹、しつこく嚙みついているのがいたが、徹之進が斬った。

「しっかりせい。傷は……深いが、おのれも妖怪ならば、傷くらいで死ぬな」

徹之進が、無茶を言いながらかつぎあげる。

「旦那は面白い人だねえ」

黒丸が、くくくっと笑った。その笑い声を、お漣の咳《せき》込む声が邪魔した。

お漣が、口から液体を吐き、ばしゃりと地面にぶちまけられる。

ぷんとただようのは、潮の香り――。

血ではない。お漣が吐いたのは、海水だ。

お漣は、自らにとりついた幽霊船を操ることができるけれど、それには代償代償が必要なのだ。幻として姿を見せたり、数が多いといっても長銃程度であれば、さほどでもない。だが、大筒となれば、彼女の肉身を幽霊船が食う。使うたび、少しずつお漣は、本物の妖怪に近づいてゆく。

黒丸は、膝をついたお漣に駆けより、その身を支えた。

一度は、お漣が幽霊船から呼び出した大筒に驚き、逃げ散った狼たちだが、完全には逃げ散らない。遠巻きにこちらを見ている。

屋根の上には、弥三郎婆。

長々しい、遠吠えを放った。

人の言葉を捨てて、狼本来の声で、配下どもを叱咤する。

戦疋狼どもが、あらためて迫ってくる。

「こうなりゃあ……やるしかないかね」

お漣が、襟《えり》を整え、しゃんと背を伸ばした。

「いけますかい？」

　黒丸が尋ねる。時間を空ければ、幽霊船に乗っ取られた体を、戻すこともできるのだが、立て続けは、かなりきついはずだ。

「あたしを誰だと思ってるんだい」

だが、さきほど倒れた苦痛の色など、もはやお漣は欠片《かけら》も見せぬ。

「すまぬ。拙者が血気にはやったばかりに」

雌狼を抱えて、徹之進も戻ってきた。しかし、雌狼を運んだままでは、刀を振るうこともままならない。

「いいえ、旦那のような方がいてくださってこそ、あたしらも、働く甲斐があるってものですよう」

言ってお漣は、迫る狼どもを、きりっと睨みつけた。距離は既に近い。大筒を呼び出したとて、間に合うかどうか。

「おうっ？」

そこで徹之進が奇妙な声をあげた。

無理もない、その体が、するすると空中に昇っていくのだ。

「おほっ。こりゃあ」

「あらあら、まあまあ」

続いて、黒丸とお漣も吊り上げられてゆく。

「うぬ。面妖な、何者の仕業かっ」

恐慌に陥りかけつつも、徹之進は抱えた雌狼を放さず、茜にも目を向けている。

「大丈夫でさあ、旦那。お輪ちゃんですよう」

黒丸が、茜をしっかり抱えなおして、顎で真上をさした。

それに従い上を見て、徹之進は、またまたぎょっとした。

「ああ、旦那は、にゅう坊を見るのは初めてでしたかね。お輪ちゃんの弟分で」

空中を、ごろごろ走る大きな車輪。しかも軸のあたりに目がついている。

その上にまたがるお輪。目には定かに見えないが、お輪が伸ばした糸が、黒丸、お漣、そして徹之進を吊り上げているのだ。さらには、抱えられている雌狼、茜、そして黒丸の腰にしがみついている、チビアマメハギ。

「ふぃいいいいいい」

チビアマメハギは、宙ぶらりんになってから、ずっと小さな悲鳴をあげっぱなしだ。

彼らはそろってぐんぐんと高みへ吊り上げられてゆく。にゅう坊のほうは、西の山へ向かっているようだ。

既に、狼たちの牙は届かぬ空の上である。

「やれやれ、助かったよ、お輪。ところで、蘭はどうしたんだい」

糸の先を見上げて、お漣が問いかけ、さっと顔色を変えた。

お輪はぐったりしていて、ほとんど意識がないようだ。

いや、完全に気絶しているわけではないだろう。ならば、仲間を吊り上げることだって、できはしない。

だが、いまにもすっかり気を失うかもしれぬ。そうなれば、今、彼らを吊るしている糸がどうなるか、わからない。

「おいっ、海を見ろっっ」

徹之進が叫んだ。

「なんです、これ以上はもうけっこうですよう！」

一難去ってまた一難かと、指図されるままにお漣は海を見た。

「なんだい、ありゃあ……」

言葉がかすれた。

山ほどもある異形の影が、海上に盛り上がっている。港のはずれ、遠浅になった砂浜あたりだ。全体には魚のような形だが、ごく短い、ひれにも似た四本の肢《あし》があって、後肢《うしろ》で立ち上がっていた。

口を開ける。家屋敷のひとつもそっくり飲みこめそうな大口だ。ほら貝を何百も同時に吹き鳴らしたような咆哮が、糸をびりびりと震わせた。黒丸がその名を呟く。

「いけねえ、あれは化け鯨《くじら》……」

この時代、日本海沿岸にもしばしば鯨はあらわれた。だが、こいつはもちろん、並みの鯨ではない。鯨という巨大な生き物に向けられる畏怖が形をとった、妖怪だ。

「しかも、えらく猛々《たけだけ》しくなってやがる。こいつが地獄道か！」

黒丸が叫んだ時、震えに耐えきれなくなったか、にゅう坊が糸の道を外れた。

それと同時に、巨大な化け鯨が、赤く輝く瞳を、千槍組の者たちに向けた。

化け鯨の喉《のど》からほとばしった大量の海水が、空中の滝となって千槍組の者たちを呑みこんだのは、その直後であった。

もはやにゅう坊も耐え切れない。吹き飛ばされた。お輪は、かろうじて最後の力をふりしぼり、激流に翻弄《ほんろう》されつつ、仲間たちを引き寄せた。だが、どうにもならぬ。

徹之進が、お漣が、気を失う。

そのまま空中の滝は、里を取り巻く山の麓へ、流れ落ちてゆく。激突必至。岩肌に叩きつけられれば、いくら半妖のお漣やお輪でも助からぬ。徹之進と茜ら人間も、にゅう坊やチビアマメハギのような幼い妖怪もだ。

怒濤にもみくちゃにされながら、岩肌まであとわずか。

そこで――。

すっかり吊り上がった黒丸の目が、ぎらりと光った。

● 拾参の幕 ●

がらりと山小屋の戸が開いて、茜が顔をのぞかせた。

眠っていた時はわからなかったが、こうして目覚めて動き回っていると、聡明で気丈を絵に描いたような娘である。ただ、気丈なところが少々ありすぎだ。怒りも喜びもはっきりあらわす――まあ要するに、徹之進と気性がよく似ている。

おかげで、お漣も仲良くするほかはない。というか、相性はよかった。

「いかがですか、お漣さん。脚の具合は」

「ああ、もう大丈夫ですよ。なに、折れたってわけじゃあない、ちょいとくじいただけですしね。そろそろ歩けますよ」

気遣わしげに言う茜に、お漣は、にこにこと応じた。彼女はちょいと、と表現したが、実際にはかなりひどい怪我だ。この三日、薬草の湿布《しっぷ》を巻いているが、まだ腫《は》れは引いていない。茜も、納得した顔ではない。

「この人ぁ、見かけよりよっぽど頑丈ですからね。心配いりゃあしませんって」

茜の後から、ひょいと入ってきた黒丸が、かついでいた竹籠《たけかご》をかたわらに置きながら、まぜっかえした。

「せっかく、あのすげえ潮吹きから、白羽さまが妖力で助けてくださって、みんな無傷だったてえのにねえ。その後に、ころんでくじいてるんですから、しょうがねえなどうも」

「うるさいねえ。いきなり叩き起こされて、びしょ濡れのまま、暗い岩場を逃げろなんていわれて、ひょいひょい行けるわけないだろう。あたしの体は、ほぼふつうに人間なんだから」

そのお漣の発言の意味を、いちいち問い返さずにすむ程度には、既に茜にも事情を告げてある。

初対面ではあったが、茜は既に妖怪の実在を受け入れていた。そして、チビアマメハギに救われたことで、すべての妖怪が悪と決めつけるようなこともしなかった。

「はい、お漣さん。頼まれた着替えです」

「ああ、これこれ。ありがとうございます。それにしても茜さん、大胆ですねえ」

茜は、農民の姿をしていた。里を探るための、変装である。

怪我をしたお漣、まだ眠り続けているお輪ではようすを見に行けぬ。徹之進では、いらぬ騒ぎを起こすかもしれぬ——と茜が主張した——。ゆえに、茜と黒丸が、身なりを変えて向かったのだ。

ついでに、いくつかの必需品を手に入れてきた。

さんざんな目にあったあの一夜から、既に三日がすぎている。

「困ったことに、食い物は、えらく高くなってて、たいして手に入りやせんでした。ま、戻りの道中で調達できやしたけどね。いやあ、まさか茜さまの腕前があれほどとは思いやせんでしたね」

籠から、山菜やら、狩の獲物の兎《うさぎ》やらを取り出した。

「今日は、兎鍋を作りやすよ」

そう言いながらひょいひょいとり出す。

「あ、このやろう。つまみぐいしやがって」

黒丸は、里芋にかじりついていたチビアマメハギを、首すじをつまんで持ち上げた。

「働いたんだから、あたいが、駄賃をもらうのはあたりまえだい」

いくら変装しているといっても、気づかれないとも限らない。特に妖怪は、人間のように見た目だけに頼らない。チビアマメハギは、多少なりと気配消しの結界が使えるので、籠に隠れてついてきてもらった。

「おう、戻られておったか」

汗をぬぐいながら、徹之進が小屋に入ってきた。裏で、薪割をしていたのである。

ここは、彼ら御山奉行所の同心たちが使う、番小屋だ。

ただし、正規のものではなかった。地元の猟師が放置していたのを譲ってもらったもので、奉行所の記録にはない。おかげで、まだ見つかっていない。

徹之進が戻ってきた途端、茜は不安の色を浮かべた。やはり、お漣たちには、気を張ってみせていたのだろう。

「徹之進さま。父はますます横暴な所業を……いえ、あれはもはや父ではありません」

「いったいどうされたのだ、茜どの。順序だてて話していただかぬと……」

徹之進が、戸惑っている。

「年貢が、いきなり上がったんでさあ」

黒丸が、さらりと口をはさむ。

「なんだと？　この時期にいきなりか？」

「年貢だけじゃねえ、漁師や樵《きこり》にも、高い高い冥加金《みょうがきん》を科すというおふれでね。だもんだから、みんな、米も魚も、自分たちのためにとっておくことにしたみてえで」

それで、里では食料がひどく高価だったのだと、黒丸は説明した。

後を続けて、茜が、きっぱりとした口調で言う。

「藩が科した年貢も冥加金の額も、あきらかにおかしなものでした。このままでは、間違いなく大きな一揆が起こります。それも明日明後日《あしたあさって》には」

「それは早計というものでござろう」

徹之進が口をはさむ。

「一揆など、そう簡単に決意できるものではない。たとえ、民の願うところがかなったとしても、おもだったものは、磔《はりつけ》、あるいは斬首《ざんしゅ》と決まっておるのです。むろん、このたびのような事態でそのようなことをさせるつもりは毛頭ありませぬが、しかし、それを知った上で決起するには相当な覚悟が……」

「それはその通りなのですが、民もまた、既に惑わされております」

徹之進の言葉にうなずきつつも、茜はおのれの考えを堂々と口にした。徹之進を尊敬し慕っているのは間違いないが、それでも、おのれの考えは、はっきりと言う。

こういうあたりが、並みの男たちには敬遠されるのだろうが、素直な徹之進は、彼女を女だと蔑《さげす》むことなく、意見をきちんと聞き入れる。割りこみようもないねと、お漣は、苦笑いをしていた。

「惑わされて、いる。それはどういう？」

徹之進の疑問に答えたのは、黒丸である。

「あっしらも出会ったンですがね。行商人やら願人坊主《がんにんぼうず》が、何もかも立花内膳が悪いと言いたてるんでさあ。妖怪騒ぎも、家老が糸を引いているってねえ。たぶん、妖怪が化けて評判を広めてんじゃないかと思うんですが、見つけられやせんでした」

海比呂藩に入ってすぐ、村人たちに囲まれたのも、思えば行商人が、人々を焚きつけたからだった。あれも、その同類であったのだろう。

「ですからね、そいつらに煽られて、一揆の火が燃え上がるだろうってことで」

「ふうむ」

徹之進が首をひねる。

「あれ、まだ納得いきやせんか？」

黒丸が、いささか不満そうに言うと、いやいやと徹之進は、手を振った。

「そうではない。一揆が起こりそうだというのはわかったが、なぜ、そんなことをするのかが、さっぱりわからぬ。やつらは、ご家老への憎しみ、妖怪への怒りを煽りたてておる。しかし、千槍組のみなさまによると、この地に妖怪たちが集められているのは、妖怪の楽園を作るためだという」

「ええ、妖怪たちは、そう吹き込まれてたようですね。ただし、雌狼は、それが嘘だと叫んでおりましたけれど」

お漣は、小屋の奥に視線を投げた。

戦疋狼の裏切り者である雌狼は、力を使い果たしたお輪と同じく、いまだ目覚めていない。それぞれ、藁《わら》と布で作った寝床に横にならせている。

「一座の車をとってこれりゃ、布団で寝かせてやれるんだがなあ」

黒丸は、ここに隠れた翌朝一番に、偵察がてら、徹之進の屋敷のようすを見に行っている。狼どもが周囲に潜《ひそ》んでいた。どうやら、徹之進たちの帰りを狙っているようで、屋敷や使用人たちは無事であった。

「雌狼が目覚めてくれれば、もうちょっと何かわかるかもしれませんが」

「それに、お輪どのが目覚めれば、蘭どのの行方も知れよう」

お輪が目覚めぬままなので、千槍組は、いまだ蘭が、天道の術に惑わされ、取りこまれたことを知らない。

「一揆が起こるとすれば、このままほうっておくわけにいかぬ。どれほどの死人《しびと》が出るかわからぬ。しかし、何をどうすれば止められるのか」

徹之進の顔に、苦悩の色が濃い。いや、若干の濃淡はあれど、みな同じだ。

「ま、腹ァ減ったまま唸ってても、ろくな考えは浮かびやしません。飯を作りますよ」

「そうだな。拙者は、火を熾《おこ》すとしよう。薪はたっぷり割っておいたぞ」

女たちを休ませ、男二人が、手早く料理をすませる。黒丸が、兎をさばき、里芋の皮をむき、山菜のあくぬきをしている間に、徹之進が飯を炊《た》く。徹之進も、山歩きの役目がら、食事の用意は自分でするのに慣れているのだ。

土鍋に水を張り、沸いたところで、高値で買い入れてきたかつおぶしで、すばやく出汁《だし》をとって、味噌をといて味をととのえ、鍋に仕立てた。

あっというまに支度がすんだ。

鍋がぐつぐつと煮立ち、食欲を刺激する香りが、小屋中に満ちた。

追いつめられた状況でも、温かい食事は、心あるものをなごやかにする。

お漣、黒丸、徹之進、茜が囲炉裏を囲んで、いただきますと手を合わせた時だ。

「……うちの分も、ちょうだい」

小さな声が、聞こえた。

「お輪、目が醒めたのかい！」

振り返って、顔をほころばせるお漣を見て、お輪は、無表情にもう一度言った。

「……うちの分、ちょうだい」

長い間眠って、急に食事をするのは体によくない、などというのはふつうの人間の話である。

用意した兎鍋と飯の半分くらいを、お輪はぺろりとたいらげた。

それから、天守閣での話を、みなに聞かせた。

「天道って名乗って、天狗やと言うてた。けど……なんか、ふつうの天狗と違う気がした。あの時に気がついたことがあるねんけど……思い出されへん」

「まあ、無理もないよ。逃げるだけで、精一杯だったんだろうしね。それにしても、蘭も情けないねえ。妖術ごときでたぶらかされるとは」

そう言いながら、どこかお漣は、ほっとした顔つきだった。

無事であることが、確かになったからだろう。これまでも、生きているに決まっていると強がってはいたものの、不安でなかったはずはない。日ごろ、ぶつかりあっていても、仲間なのだ。

「だが、あのお強い蘭どのが、敵方についたとなると、さらに厳しいな」

徹之進が、腕組みをする。

「それほどのお方なのですか？」

茜が尋ねると、徹之進は、深々とうなずいた。

「剣の腕は、拙者をはるかにしのぎます。いや、拙者など足元にも及びません」

「まあ」

と言って、茜は目を丸くした。

「徹之進さまは、海比呂でも一、二を争うお腕前ですのに……」

「……なに、だいじょうぶや」

鍋の底に残っていた汁を、最後の一滴まで飲み干してから、お輪が断言した。

「蘭ねえやんが、ええ男の妖怪の屁理屈に騙されるのはようあった。お漣ねえやんが人間のええ男にふらっといって、毎回、嫁か許婚がおるのと、同じくらいの頻度や」

「そうなんだよねえ。いい男ってのは、たいてもういい女と……って、んなこと言ってる場合かい」

ぱんと手を打って、お漣は顔を引き締めた。

「ま、いまのは冗談としても、ご安心くださいな、徹之進さま、茜さま。蘭だって、白羽さまに見込まれた千槍組のひとりです。たぶらかされたとしても、いずれ自力で戻ってきます」

「……全部が片付いてから、頭かいて、こっそり戻ってきたこともあったなあ」

「だから、いちいち、余計なこたぁ言わなくていいんだよ！」

お漣に叱られても、お輪はけろっとした無表情だ。いや、そう見える。けれど、膝の上に置かれた手は、小さくふるえていた。

やはり、心を痛めているのだ。

けれども、だからこそお漣も黒丸も、いつもと同じにふるまうのである。

「とりあえず、蘭は味方の数に入れないとして、一揆を防ぐにはどうするか、ですね」

「あいつらみんな、やっつけたらええねん」

最後の飯粒も食べ終えて、お輪が言った。

「そうは言うけどねえ。修羅の樹だけはなんとかしたし、狼の数は減らしたけどサ。まだ、戦疋狼の頭の弥三郎婆がいるだろ。それから、あんたが会った天道って天狗。それに、化け鯨と、あとは茜さんが見たってえ泥田坊」

「民らを煽っておる行商人やらも、やはり妖怪が化けたものなのであろうか」

と、徹之進が唸った時。

（……泥田坊だ）

と、思念の声が囁いた。

「お、目が醒めたか!」

徹之進が、はずんだ声をあげる。

全身あちこちに、薬草の湿布を貼られ包帯でくるまれ、布の塊のようになった雌狼が、頭を上げて、千槍組たちを見ていた。

それから、ぶっきらぼうな思念を送ってきた。

(……おまえらは変わっているな。あの雪女が見逃したくれた時も、おかしいと思ったけれど、まさか危険をおかしてまで敵の命を救うてくれるとは)

「千槍組のみなさまは知らず、拙者にとって、おぬしは最初から命の恩人だ」

徹之進が、正面から狼の目を見つめて言った。

(……人間にしておくのは惜しいな)

と、狼は、そう思念を返した。

(いや、そうでもないか。我ら戦疋狼に、いまや狼の誇りを持った者はおらぬ)

自嘲気味のつぶやきが、悲しくみなの胸に響いた。

「ま、そういうことはいいやね。目が醒めたなら、ちょいと話を聞かせてもらおうじゃないか。それとも、まずは水か食い物でもいるかい?」

（……水をもらえればありがたいね）

返事を聞くや、黒丸が動いた。近くの渓流から汲み置きして、壺にたくわえてある。浅めの椀に入れて、横たわる狼のそばに置いてやった。

「この狼、なんなん？　あと、このお姉ちゃんは誰なん？」

やっと空腹がおさまって、やっと首をかしげるお輪に、みなが雌狼や茜について、代わる代わる説明している間に、雌狼は、水を飲み終えた。

（……なんぞ食うものも……）

渇きが癒えて、食べ物が喉を通るようになったとみえる。

「こいつでいいかい？」

黒丸が、さっきさばいた兎の、はらはたを出してやる。

ちびちびとかじる雌狼を見ながら、お漣が尋ねた。

「あんたら、妖怪の楽園、とかいう話に誘われたのかい？」

（……我らが誘われたわけではない）

不機嫌そうな思念が返ってきた。

（弥三郎婆だ。我ら戦疋狼は、婆の力で、言葉を操る知恵を授かっている。多くの者は、狼としてはとっくに寿命もきているが、それでも婆の力で生きている。……それ

ゆえに、決して婆には逆らえぬ）

「へえ。ほな、あんたもホンマは、ばあちゃんなんか？」

腹がくちくなって、また眠たげに閉ざされかけていた目を、好奇心を支えに大きく開いて、お輪が尋ねた。

（いや。あたしと兄者は、本当の年のままだ。兄者は、若くても強く賢く、みなが一目置いていた。……それゆえに妬《ねた》まれてもいた。おぬしらとの戦いに敗れ、助命はしてもらったが、結局、ここぞとばかりに出る杭を打ちたがる連中に、死に追いこまれてしまったよ。……その首魁だけは、この牙で嚙み殺してやったけどな）

「そういう血気盛んなあたりは、確かに若いねえ」

お漣が、ふふっと微笑む。その笑みを消して、鋭い語調で尋ねた。

「その嚙み殺した後さ。あんた、他の狼たちに、騙されてるんだと言ってただろ。あれは、どういう意味なんだい？」

（ああ、あれか。はっきりした根拠があるわけではないのだがな）

雌狼は、もぞもぞ動いて、姿勢を楽なものに変えてから、思念を続けた。

（兄者が殺された後、あたしはたまらず群れから離れた。兄者がかばってくれたのと、獄羅が、いずれあたしと子作りするつもりでいたおかげで命は助かったけど、そんな

目にあうくらいなら、いっそ死のうかとも思っていた)

拠点である屋敷を抜け出そうとした雌狼は、そこで、家老と訪ねてきた者のやりとりを耳にしたのだという。

訪ねてきていたのは、背に翼のある優男《やさおとこ》。

「天道や……」

お輪のつぶやきに、雌狼はうなずいた。

そのおり、彼らはこのようなやりとりをしていたという。

『……殿の身体は、ご無事であろうな?』

と、家老が問いかけたという。

『……むろんでそうろ。かのお方のために、人間を苦しめ、妖怪を憎ませるのだ。憎しみを多く刈り取るために、なるべく人の数は減らさぬこと』

と、天道が答えた。

『間違いないのだろうな。おぬしらの言うように、民の怒り憎しみ哀しみをたっぷりと捧げ、六道合一の儀式とやらがなしとげられれば、若殿を蘇らせることができる、というのは……』

と、家老は、昏《くら》い、鬼がごとき声で言ったという。だが、そこに後悔はなく、覚悟の響きがあった、と。

　そこまで聞いて、茜がよろめいた。あわてて、徹之進が支える。

　ふたりの顔が蒼白になる。

「だいぶ、わかってきたかねえ」

　お漣は、あえて平静を保った声で言った。

「その六道合一については、あんたは、それ以上のことは知らないのかい？」

（……さあ、それは……。ああ、ダメだ……もう頭がにぶってきた）

「ちょっと、あんたどうしたんだい？」

（言っただろ……あたしらは……弥三郎婆の力で……言葉……使える）

　それまで、雌狼の眼に浮かんでいた、ぎらぎらした光が、すうっと薄れた。

　くうーんという、弱々しい声が、雌狼の口から漏れる。

「ああ、そうか。裏切ったあんたは、もう、弥三郎婆の力が及ばなくなっちまったんだねえ。いまは、もうただの狼、かえ」

「なんと……」

　徹之進が近づき手をさし出すと、雌狼は、ぺろりとその手を舐めた。なついた犬のような仕草であった。

「よしよし。はよう元気になれ。うちの屋敷ですごせばよい」

徹之進が頭を撫でてやると、雌狼は、安心して眠った。すうすうと寝息が聞こえる。

一瞬、悋気《りんき》の光が、お漣と茜に宿り、ふたりは顔を見合わせて苦笑いした。

「さてと、ご家老さまの願いはわかりやしたね。どこぞの妖怪が化けていやがるってことも、考えちゃあいたんですが……」

「それはないない」

予想外のところから声があがった。アマメハギである。

「茜さんを隠すとき、あたいの術で、手が操れたもん。あれは人間。術の心得もない。間違いない」

ようすをうかがっていて見つかりそうになった時、内膳の手で、自身の目を覆わせたことをさしている。

「てえことですか。ある意味、ますますお辛いでしょうが。どうしやす？」

あらためて、黒丸が、徹之進と茜に問いかける。

「蘇るってえ言い回しを使ったってことは、つまり若殿さまは死んじまったてえことですかね。ほかにお世継ぎは？」

徹之進は、首を左右にふった。

「……さて困りましたな」

となれば、これが明らかになれば、海比呂藩はお取り潰しになるやもしれぬ。

内膳が、妖怪たちを操ろうが何をしようが、事態を打開したかった理由もわかる。

深刻だが、状況がすっきりしたと思われた時、お輪の言葉がまた事態を混迷させた。

「けど、若殿さん、死んでへんかったで」

「そうなのかい？」

なにせ、天守閣でお輪は、若殿の姿を目撃している。

「うん。なんやぼーっとしてたけど、生きてはおった」

「で、では！　父は騙されているのでしょうか！」

「茜さんのお父上は、そこまでマヌケなお方ですかえ？」

お漣に言われて、どうとも答えようのなくなった茜であった。

一度は、筋が通ったと感じたのだが、またわからなくなった。

「どうしたもんですかねえ。一揆は、なんとか止めさせるとしても、どうしたものやら」

黒丸があぐらをかいて、腕組みをする。その膝を枕に、お輪は、もうすうすうと寝息を立てていた。糸の力を使い果たして、三日三晩眠っていたが、まだ回復には遠いのであろう。

「どうすればいいのかは、わからぬ。だが、たとえどのような苦難が、我が藩にふりかかるとしても、いま、民を苦しめてよいということにはならぬ。ともかく、血が流れ人が死ぬようなことはさせぬ。ご家老にすべてを問い質し、すべてを知った上で、どうするかを決めたい。……というのは、我がままでありましょうか」

「我がままだとは……そりゃ思いません。あたりまえです。……けどね」

お漣は、きりっと威儀を正して、徹之進と茜を見つめた。

「それで、立花内膳が、私利私欲のためにことをなしているとわかった時はいいでしょう。悪党だと退治すればすむ。けど、藩の取り潰しを避け、どうにかされてる若殿を助けるのが本当だとわかったら、どうします？　それを考えずに突き進んでも、いざって時に、あたしらの足を引っ張られることになりますんでね」

「お漣さんは、それでも儀式を止めると、もう決めておられますね」

茜の問いかけに、お漣はうなずいた。

「たとえどんなにご立派なわけがあろうとも、人を嘆かせ、人を苦しめて、そんな方法がまっとうな終わりを迎えられることぁないんですよ。恨み辛みは、ずっとこの土地に残って、やがてもっと大きな哀しみになっちまう」

「……それがお漣どのの理屈であられるか。拙者は違う」

徹之進が、両太ものの上で、拳をぎゅうっと握った。

「拙者は侍。侍は主君に忠義を尽くさねばなりませぬ」

お漣は、小さくため息をついた。

「では、ここで別れ……」

「先代の殿が、以前、家臣一同に仰ったことがござります。我も人の子なれば、間違うこともある。その時は、恐れず質してくれ。おのれが善と思うことを、我に教えてくれ、と。若殿にも、その、父君のお言葉をお伝えするが、我が忠義」

「遠回りに仰っておりますが、つまり、なすべきことはみなさまと同じ。そして茜は、女でございますゆえ、お漣さまと同じです」

「……ははは。じゃあ、そういうことだね。まずは一揆を止める。そのために立ち向かわなきゃいけない敵は、妖狼の弥三郎婆、泥田坊と煽りに回ってるその分身、はぐれ天狗の天道、海から来る化け鯨、そして」

「立花内膳……です」

もはや父とは呼ばぬ、その決意をこめて、茜が五つめの名を並べた。

「さて、どうします？　化け鯨一匹だけでも、あっしたちじゃあ手に余る」

そういう黒丸を、お漣がぴしゃりと叱りつけた。

「あんた、あたしの幽霊船を甘く見るんじゃないよ。化け鯨なんざ、図体ばかりさ」

だが、むやみに幽霊船の力を使いすぎれば、お漣は、取り込まれて、逆に亡霊となって船にこき使われることになるだろう。

「無理はしちゃあ……」

と、黒丸が口にしかけた、その時だ。

ばさばさばさっという羽音とともに、小屋の窓から、一羽の鳥が飛び込んできた。

「うはあ」

これまで、隅っこで芋をかじって静かにしていたチビアマメハギが跳び上がった。

ただの鳥ではない。その証拠に、額《ひたい》に頭巾《ときん》をつけている。化けてはいるが、本性は烏天狗だ。白羽さまの使いである。

土間のかたすみに舞い降りた烏は、かあと一声鳴いた。続いて聞こえたのは、どっしりと貫禄をそなえた、壮年の男の声である。

「息子に代わって、六道合一について伝える」

黒丸とお漣は、はっといずまいを正した。

「お輪、僧正坊さまだよ」

揺り起こされたお輪が、あわてて正座をする。チビアマメハギは、名を聞いて平伏した。それを見て、徹之進と茜も、姿勢を改める。

「白羽さまのお父上、この国の天狗総大将であらせられます」

　黒丸が教えた。

「そのようにたいそうなものではない。楽にせよ」

　と、言われても、まずその声を聞いただけで、畏怖に襲われ、一同、しゃっちょこばってしまう。僧正坊もしつこくは言わず、説明を続けた。

「六道合一とは、天道、地獄道、人道、修羅道、餓鬼道、畜生道の輪廻転生の道をひとつとして、時の流れを乱し、世界を好き勝手に組み替える術をいう。と、いえば難しそうだが、要するになんでも望みをかなえるというふれこみじゃ。特に、死んであの世で迷う魂を招きよせるのに役立つという」

　と、そこまでは重々しかった声が、急に砕けた。

「わしはかつて、その術を試みた陰陽師《おんみょうじ》と戦うたことがあるが、いやあ、人間のわりにたいしたやつでの、ずいぶん、痛い目をみたわい。もちろん、相手はひねりつぶしてやったがのう。魂ごと六つに引き裂いて六道にバラ撒き、転生もできぬようにしてやったわい」

がははと笑う声が、いささか、わざとらしく聞こえる。

実際に、かなりの強敵であったのだろう。

「六道合一を企むようなやからなら、あやつと同じくらいの力を持つはず。じゃによって、少しは助けも入り用じゃろ。かといって、他の組は他の組で忙しい」

「他の組？」

徹之進が首をかしげる。

「妖怪ってのも、これでけっこうたくさんおりましてね。妖怪と人間のもめごとを、なんとかしようってのは、あっしらだけじゃないんですよ。暴れるのは好きにすりゃいいけど、やりすぎて他の妖怪に迷惑をかけるようなことになっちゃ困るんで、何組かが、あちこち回ったり、江戸や大坂みたいなとこに腰を据えたりね」

黒丸が説明した。

「でも、来れない、と」

「知らせはするが、すぐには間に合うまい。なので、いくつか道具を遣わす」

矢太秀が、かあと一声鳴いて、背負った小さな信玄袋《しんげんぶくろ》をさし示した。

黒丸が、それ手に取り、中を探った。

「お、これはこれは。まずは妖怪の動きを封じる結界のお札」

束がどっさりと出てきた。

「それから、こいつは旦那に使ってもらうのがいいでしょう。名刀、清流丸《せいりゅうまる》」

手のひらに載るほどの袋から、とうてい出てこないはずの大刀がひと振《ふ》り。

「それから最後に……」

逆《さか》さにしてふると、袋は、漆黒《しっこく》の宝玉《ほうぎょく》を吐き出した。

「妖喚玉《ようかんぎょく》ですかい。こりゃあすげえ。三百年ものの妖宝だ」

黒丸だけが、それが何かを見てとったようだ。お漣も知らぬものであるが、三百年ものというからには、かなり強力な力を持つ呪《まじな》いの品であろう。

「玉羊羹《たまようかん》？」

「こういう時だけ起きるんじゃないよ、お輪」

「どうしても無理だと思うなら応援がつくまで辛抱するのじゃ。忙しいというても、三日か四日で誰か向かうからのう」

「……待ってる暇は、なさそうだねえ」

お漣が苦笑いした。

●拾四の幕●

一揆、というよりは妖かしに煽られ、暴徒と化した人々が、夕霧城下に押し寄せたのは、その翌日の夜であった。

茜の、明日明後日には、という予測は当たっていたわけである。

並みの一揆であれば、村ごとに散発的に生じるものだ。また、一揆に挑む者たちは、死を覚悟した悲壮感をただよわせ、不退転《ふたいてん》の決意をあらわにする。

けれど、この騒動は違う。

松明《たいまつ》と、そして、鍬や鎌などの農具をありあわせの武器としてたずさえた人々は、熱に浮かされたような顔つきと、まわりの見えてない瞳で、ところどころにまじった声の大きな者たちに従い、ぞろぞろとただ歩く。

中には祭りか何かと勘違いしている、浮かれた顔もいた。

だが、そういった者たちも、ときおり聞こえてくる、煽りの叫びを耳にするうちに、段々と形相が険しくなっていった。

「悪いのは、妖怪を操って、私腹を肥やす家老だ。立花内膳は、この里を妖怪に売り渡す売国奴なのだあああ！」

「妖怪は人間の敵じゃ！　妖怪に味方するやつがいたら、そいつらも敵じゃ！」

「わしらより強い、わしらより優れておる、と、妖怪どもはそう思っておる。わしらなど、餌かおもちゃとしか思うておらんのだ。憎め、憎め。向こうがわしらを見下しておるなら、憎むのはあたりまえのことじゃ」

時々、突発的に声があがると、群集も『おおっ！』とみなで声をあげている。

藩内にちらばる村々から、どうやって時を同じく集められたのか。

数千か、あるいは一万人近くいるかもしれない。さして人口が多いわけでもない、地方の小藩に住む人々にしてみれば、未曾有の大群衆と感じられるだろう。

ふつうであれば、このように人々が集まろうとすれば、途中で悟られ、罰せられるものだが、いまやこの海比呂藩は、そのような統治が可能な状態ではないのだった。

「悪家老と妖怪を打ち倒して、殿さまをお救いするのじゃあ」

「我らを邪魔するものどもこそ、悪なるぞ。悪なるぞー」

よく見れば、そうして声をあげる者たちは、どれも顔立ちや体格がよく似ている。

千槍組のみなが見れば、はじめて海比呂藩を訪れた時に出会った、あの行商人を思い出すに違いない。

さて、この老若男女らが目指すのは、城下の町々を抜けて、夕霧城であった。

悪家老を倒せというわりに、家老の屋敷ではなく城に向かう理由を、誰も特に説明はしない。疑問も持っているようすはない。

とにかく、自分たちの生活が苦しいのは——いや、これから苦しくなりそうなのは、妖怪のせいだと信じこまされており、こうして練り歩き、ただ憎しみをぶつければそれが改善されるのだと、すっかり考えを同じ色に染められているのである。

城下町の道々をぎっしり埋めて、人々が、夜空を背景にそびえる城を見上げる。集まったほとんどの者が、松明をかざしてはいるけれど、昼間のように明るい、とはゆかない。

赤い炎の色があたりに満ちて、城は血に染まったような色合いに見える。

何かきっかけがあれば、実際、血には染まるだろう。

暴徒を食い止めるべき侍たちは、弱腰であった。武芸の腕に覚えのあるもの、勇猛な気がまえの者は、ことごとく修羅の森に送られるか、あるいは戦疋狼の偽《にせ》の跳梁《ちょうりょう》で討伐に向かっており、城下に残っているのは、臆病なもの、日ごろ剣術の修練などろくにしていない者たちだった。

彼らもまた、妖怪と家老を憎んでいた。

荒事には向いていない自分たちが、このように圧倒的な数の民と向き合わねばならぬ。それを理不尽と感じ、この状況へ自分たちを追いこんだのが、暴れる妖怪たちとそれを操っているご家老だ、とそう信じこまされていた。

彼らもまた気持ちは、押し寄せる民たちとよく似ている。

妖怪たちを操る黒幕は、人間を殺しあわせることを目的とはしていない。

憎しみと嘆きを、恨みと嫉みを、ぐつぐつと煮詰めることを狙っているのである。

ほかのすべてが蒸発して、純粋な悪意だけがそこに残った時が、六道合一の儀式のはじまりなのだ。

人々が、夕霧城の周辺に集まった時、はじまったのは一揆の争乱ではなかった。

黒く闇に染まった海から、さらなる苦しみの源《みなもと》があらわれたのだ。

海面がみるみるうちに盛り上がり、魚や海草をしたたり落としながら、巨大な何かが立ち上がってゆく。

「おおおお、妖怪じゃああ！　我らを苦しめる妖怪があらわれたぞう！」

「恐ろしい妖怪じゃあ！　何人、何十人も人を喰らい、何十もの船を沈めてきたのじゃ。だが恐れてはならぬぞう！」

「そうなのか！　わかったぞ！　では、あれのせいで、我らはこのような目にあっておるのじゃな。すべての不幸は、あれが元凶なんじゃあ」

群集のところどころで、似たような声が叫ぶ。ひとつの声に別の場所の声が答えるが、発している頭はきっとひとつだ。いうなれば、自作自演の一種。

その時、巨影が吠えた。

人々が聞いたこともないような、轟《とどろ》く咆哮《ほうこう》があたりを圧した。

完全に立ち上がると、そいつは天守閣をわずかに越えるの身の丈だ。おおよその形は魚に似て、ひれに似ているが、前肢後肢と呼んだほうがいい四肢がある。

化け鯨。六道合一のうち、地獄道を体現する妖怪だ。

「来るぞ、来るぞ。だが逃げてはいかん。逃げたら負けてしまうぞ」

「まわりの者が傷ついても、その分、こいつを憎めばよい」

「我らは正義だ。正義の怒りは力となるぞ」

叫び交わされる声に、足を踏まれたか、首根っこを押さえられたかでもしたように、群集は逃げない。

沖に浮かび上がった化け鯨は、ゆっくりと城へ近づいてくる。その前肢がふるわれて、天守閣が砕ければ、ふってくる岩や材木の破片で、みな無事ではすむまい。

だというのに、逃げる者はいない。

「まっこうから憎め、怒れ。ただ念じるだけでよいのだ」

よいのだー、よいのだー、よいのだーと、叫ぶ声は、かすかな夜風に乗って、城下から海へも流れてきており――。

群集からは離れた場所にいる、一人の女も、それを耳にした。

そして、女は、ふふっと笑った。

「いくつもの信じる心、念じる想いで妖怪は生まれてくるけどね。あいにく、いつでもどんな想いでも形になるってほど、世の中都合よくできちゃいないんだよ」

お漣が、ひとり。

海岸に立っている。

敵は多く、強い。千槍組、一丸となって一体ずつ始末するという方法もあったが、一丸となるためには、まず蘭を取り返さねばならぬ。

それまでは、一人が一人を片付ける。

かように決めて、お漣はここに。彼女が受け持ったのは、化け鯨。

「なるほどねえ。地獄道を名乗るだけあるわ。憎しみを煮詰める過程の最後の手段、ってことだね。ここまでは殺さずできたけど……。やっぱり、待たないことにしてよかったよ」

化け鯨からは、間違いようのない殺意があふれている。

憎しみだけに身を染めた民を、ここで一気に殺す。そうすることで、彼らの断末魔の思いを取り込み、純粋な恨みの念にしてしまおうというのだろう。

恨み辛みは、時をも揺り動かす、強力な呪《のろ》いの源になるのだ。

「けど、そうはいかない。さあて、そろそろはじめようか」

お漣が取り出したのは、三味線一棹《さお》。おもむろに、その弦をまとめてバチでふるわせて、激しくかき鳴らしはじめた。

拍子は早い。小刻みに早い。幽玄な舞のためではなく、激しく踊るための曲だ。

お漣の操るバチは、三味線の弦から、荒れ狂う嵐のような風の音を引き出した。その風に海面が波立つようすを描いた。波が徐々に大きくなり、うねりとなって、空と海をまぜ合わせるように、音のうねりも大きくなってゆく。

同時に、黄金色の光が、瞳からあふれ出た。

「使わせていただきますよ、この妖喚玉」

彼女の足もとに、僧正坊から授かった宝玉が置かれている。妖怪を生み出す、闇の気を凝縮した漆黒の玉だ。生むといっても、ほんの短い時間しか、この世にはいられない。そして、ある程度の原型が必要だ。たとえば、神として崇《あが》められた像に、一時だけ、本物としての力を与える、といった使い方ができる。

この港には、漁師たちや船乗りたちに、祈りを捧げられている像があった。

いま、お漣がたたずむ、この砂浜に。

「さあ！　お願いいたしますよっ！」

アアアアアーーーーーーんん！

オオオオオーーーーーーーーーーん！

高まったお漣の曲が、同じく弦を持つ楽器をたずさえた神像に届いて、そこに妖喚玉の力を届かせる。

妖喚玉の闇の気が、この地で人々が捧げた祈りを形に変える。

「なんだ？」

「なんか、また出たぞ！」

群集から、悲鳴が巻き起こる。いや、それはすぐに歓声に変わった。

「あれは……おらたちを守ってくださりにきたんだべえ！」

じつのところ、化け鯨については、あらかじめ民に心構えをさせてあった。噂という形、あるいは辻説教という形で、このようなものが、この藩に渦巻く悪意の塊としてあらわれるゆえに驚くなと、群集はそれぞれに言い含められていたのだ。

しかし、いま、そのあらかじめの知識にない異形がふたつ。化け鯨をはさむようにあらわれたではないか。

どちらも、実際の大きさは、化け鯨よりは、かなり小さい。

だが、沖から迫る化け鯨を邪魔するように、沿岸すれすれに出現したため、憎悪を搾り出すために集められた群集からは、かなり大きく見える。

「弁財天《べんざいてん》さまだあああああ！」

「港の守りの、七福神《しちふくじん》さまじゃあねえか！」

「おい、もうひとり、こっちは布袋《ほてい》さまだ！」

そうである。琵琶《びわ》を抱えた、美しい女性と、釣竿を持ちでっぷり太った男性。

どこから見ても、弁財天と布袋だ。

しかも、砂浜にあるほこらにある像とうりふたつ。

「頼みますよ。おふたりとも！　ひごろの賽銭《さいせん》分は働いてくださいな」

新たにあらわれた二妖へ、お漣は親しげに呼びかけた。

「おふたりには、濡れ女のお未亜《みあ》ちゃんと、海坊主の珊兵《さんぺい》ちゃんの力もお送りしましたからね。戦えるはずなんですよ」

お漣が口にした名は、幼なじみの妖怪の名だ。

ただ大きくしただけでは、とうてい化け鯨には勝てない。妖喚玉の闇の気を送りこむ時に、お漣の記憶から、よく知っている妖怪の力を複製したのだ。

むろん代償なしで、そんなことはできない。

お漣の大切な思い出が一つ消えた。消されたのは、楽しい記憶だ。いやなことは、まだ全部残っている。

いまから二百年ほど前、戦国の動乱の時代に、お漣は生まれた。

故郷は、九州の小さな島だ。先祖は、倭寇《わこう》であったと聞いている。

幼い頃、まだふつうの人間だったお漣は、妖怪と友だちになった。

生まれたばかりだった海坊主の珊兵が、台風の翌日、浜の奥へ打ち上げられて干からびかけているのを助けてやったのだ。

それが、いまあらわれてくれた巨大な海坊主だ。二百年前は、まだ幼いお漣にも持ち上げられるほど小さかったが、いまはこの巨大さだ。

そして、弟分を救ってくれた礼を言いに来て、なぜか大喧嘩になり、気がつけば義姉妹のちぎりをかわしていたのが、濡れ女のお未亜。お漣が、幽霊船にとりつかれるに至るまでにも、お未亜と珊兵は関わっているのだが、いまはその過去を思い起こし、語り合っている時がない。

今、彼らは、お未亜の相方である海赤子《うみあかご》を加え、海を守る千石組《せんごくぐみ》をつとめている。本物の彼らが来てくれれば、ずいぶんと楽であったろうが。

化け鯨が、濡れ女の妖力を持つ弁財天と、海坊主の力を持つ布袋さまへ向かってきた。化け鯨が蹴立てる波のあおりで、洋上に浮かべてあった舟がいくつかひっくりかえる。

「おお、危ねえ！」

「がんばってくだせい、弁財天さま、布袋さま！」

ここで、既に黒幕には計算違いが生じていた。

集まった民が、自分たちを守ってくれようとする福の神の姿を見て、憎悪を忘れてゆくのだ。

千槍組はこれを狙ったわけではないが、結果としては大成功。

ただし、このまま勝つことができたならの話だが。

化け鯨は、口から怒濤の潮を吐いた。お漣たちを押し流したものとは違っている。すさまじい蒸気をともなっていた。高熱の潮流なのだ。

布袋さまがこれを浴びせられ、たたらを踏んで、後ろへよろめく。

化け鯨が勝ち誇る。だが、弁財天が、すでに化け鯨の背後に回りこんでいた。長い裳裾《もすそ》に隠されているが、その下半身は、濡れ女の力を得て、蛇そのものになっている。ゆえに、足場が悪くとも素早い動きができるのだ。

化け鯨の、ふじつぼが無数にはりついた背をめがけて、弁財天は琵琶を叩きつけた。ただの琵琶ではない。縁が鋭い刃になった、いわば斬撃琵琶だ。

戦う弁財天。もう無茶苦茶な話である。

「おおお、すごいぞ！」

民が熱狂しているのは、既に正気をなかば失っていたからだろう。

ふつう、バカバカしさにあきれかえる。

斬撃琵琶は、ざくりと化け鯨の背を切り裂いた。だが、怪物の巨体に比べれば、いかにも浅傷だ。せいぜい、皮一枚はがれた程度。

化け鯨は吠えた。苦痛の悲鳴ではない。怒りの怒号だ。

尻尾《しっぽ》が海面からあらわれ、弁財天をはじき飛ばした。

砂浜まで飛んで叩きつけられた弁財天は、すかさずその身を立てたが、左の腕はだらんと垂れ下がったままだ。砕けて、もとの木地が見えている。

「やっぱり、あの木像がおらたちを守るために！」

「わしらにゃ福の神がついとる、妖怪なんぞ怖がることはねえ」

群集の空気が変わってゆく。ところどころで、妖怪を憎め、と煽る泥田坊の声はするのだが、それは、福の神たちを応援しろ、という気分に置き換わってしまっていた。民が、福の神たちを応援する声が、風に乗って海岸まで届いた。

三つの巨体がぶつかりあう間近にいるお漣は、涼しい笑みを浮かべて、三味線をジャンと一鳴らし。形のいいくちびるをふっと歪めた。

「煽ってる連中、妖怪が、人間より優れてる、なんて言ってたねえ。あいつなんか、ただでかいから強いって、それだけのことじゃあないかね。優れてるから、こっちを見下してるに違いないって？　自分が僻《ひが》むのは見苦しいだけだけど、他人にも一緒に僻めって押しつけたら、こりゃ大いに迷惑だよ」

そしてまた、三味線の音色を盛り上げてゆく。

この音は、濡れ女のお未亜、海坊主の珊兵との友情の誓い。お漣が奏で、お未亜が歌い、珊兵が踊る。それが、彼ら三人が集まった時の、いつもの約束だ。

だから、お漣が奏でれば、彼女が何をして欲しいと思っているか、残る二人には、確実に伝わる。いま、濡れ女と海坊主の力を授けた福の神たちにも同じだ。

敵の眼前で、策を指示したとて、相手にはそれはただの曲としか聞こえない。

弁財天と、布袋さまが、狭い入り江に、化け鯨の超巨体を誘い込んだ。

化け鯨は、大きな体にはありえないほどの素早さで動くが、そこでは生かせない。つまり、幽霊船の砲撃を、敵はかわすことができない。岬とそこに生える松ごしに出現させれば、気づくのも遅れて、ますます逃げられないだろう。

「さあて、おいでいただこうか、あんたたち。あたしのこの身に宿を借りてる、その店賃《たなちん》の取り立て時だ」

お漣の瞳から黄金色の輝きがほとばしった。全身がその光に包まれる。

化け鯨の目前に、ぼろぼろの帆布《ほぬの》がひるがえった。船首像の、狂った女神がケケケと笑う。

お漣にとり憑いている西洋帆船の幽霊船が、浮かび上がったのだ。先日のような半透明ではない、確固たる実体を持っている。

「思いきりやっておやり！　もらいすぎた店賃は、利息つけて返してあげるよ！」

二十門の西洋大筒が、同時に火を噴いた。これだけの砲弾を叩きこまれては、さしもの化け鯨とて、たまったものではない。そのままもんどりうって海に倒れこみ、海水となって肉体を消失させていった。

その断末魔は、誰にも聞こえなかった。みな、大筒の一斉射撃の音で、耳が痺れていたからである。

化け鯨がいなくなると同時に、幽霊船も消えた。

「おおおおお！」

群集が歓喜の声をあげる。

顔を民のほうへ向けようとした途中で、ふっと弁財天と布袋さまも姿を消した。

妖喚玉に、三百年かけて貯えられた闇の気が、尽きたのだ。

もとの木像に戻って、海岸に転がっている。弁財天は腕を折られ、あちこち塗りがはげている。布袋さまのほうも、高熱の海水を浴びせられて、色が変わっていた。

「よく……やってくださいましたね。ありがとうございました……」

演奏を終えて、お漣が深々と頭を下げ――そのまま、砂浜に倒れ込んだ。

舞い上がったのは砂埃《すなぼこり》ではなく水しぶき。

既に、お漣の右袖には中身がなかった。

「ここで、へばっちゃあ、いられないんだよ……」

残った左腕で、お漣がその身を起こした時。

ちょうどその時、お漣を囲んで、あたりが奇妙な光に満たされた。地面が、光り輝いたのである。おぞましい印象の、ねっとりとした桃色の光だった。さしわたしが十尺を越える円状だ。怪しい光が、お漣を包み込み、そして彼女の姿は消えた。

時を同じくして、城のまわりに集まった群集は、そのほとんどが、正気に戻っていた。

化け鯨撃退の、思わぬ副産物だ。

「何が、どうなってんだ？」

「なあおい、わしら、なんでこんなとこにいるんだべ？」

疑問の声があがりはじめている。

「憎め。憎め。憎まないのは、妖怪の手先だからだ！」

群集のそこここから、そんな声が湧きあがる。だが、多くの者の耳には、もはやそれは届かない。

「そうだべ！　妖怪は怖いさ。けど、妖怪をやっつけてくれる妖怪、あたしらの味方をしてくれる連中だっているんだよ。そういう昔話が、あるんだよ」

ひとりの大柄な女が、突然、そんな話をはじめた。

彼女は、だれかれなく周りの者をつかまえ、それを聞かせ出した。だんだんと、耳を傾けるものが増えてゆく。

これまでと違ったざわめきはどんどん大きくなり、しかし、ふっと止んだ。

それは、天が俄《にわか》にかきくもり、わき出してきた分厚い雲の内側で、稲妻のような閃光が渦を巻き始めたからであった。

● 拾五の幕 ●

時をいささか遡《さかのぼ》って。

内膳の屋敷に向かったのは、黒丸、徹之進、茜である。

幸い、城に押し寄せる人々の通り道からは外れていて、邪魔されずに近づくことができた。とはいっても、塀の外側までであるが。

向かう道々、屋敷の中に、どう入りこむかを相談した。

「わたくし、いろいろと裏口を知っておりますが……」

と、茜は言ったが。

「どこから入ろうが、どうせ狼どもにかぎつけられるのは、一緒でございますよ。どうせ斬りぬけるなら、あっしは正面からをオススメしやすぜ」

という、黒丸の意見に、徹之進はうなずいた。だが、茜はしぶった。

自分の身を案じてではない。彼女がかたくなであったのは、徹之進が、父のもとへたどりつく成功率を少しでも増やしたいと思ったからだ。

細い抜け道を使えば、いざとなれば、自分の身を投げ出して敵の追っ手を食い止めることもできると、そう考えたのである。

だが、茜に、正面から堂々と乗りこむことをうなずかせたのは、徹之進の一言だ。

「茜どの。拙者は、ご家老を闇討ちに行く刺客《しかく》ではございませぬ。共にこの海比呂藩を守る者として、正道に立ち戻っていただけるよう、お諫《いさ》めにゆくのです」

「申しわけございませぬ、徹之進さま。茜が間違うておりました」

むしろ、積極的に、正門から堂々と、と考えるほかはなくなった。

黒丸は、二人のやりとりに、くくくっと笑ったものである。

「そういうまっすぐなお気持ち、この黒丸にゃあ欠片も持ち合わせのねえもんですが、それだけに、なんとなくすがすがしくなりやすね。ご安心ください。やつらをくぐりぬけて、ご家老さんのところまでたどりつく工夫が、あっしにございます。というか、白羽さまにですがね」

「そんな策があるなら、早くおっしゃってください！」

茜と徹之進が、そろって黒丸を睨みつける。

「いやそのそれが……」

と、黒丸は早口で言い訳を探し。

「……これが、かなり要りますもんで」

親指と人差し指で、丸を作る。

「そのようなもの！　なんとでもなりますっ」

「おお。さすがはご家老のお嬢さま」

黒丸は、にんまりと笑った。言い切った茜の隣で、徹之進が目を白黒させている。

御山奉行所の与力に、金は縁がないらしい。

言っているうちに、彼らは、茜の住まう屋敷にたどりついていた。

門前で、茜は言葉を失った。

「……我が家がこのような……」

もはやその地は、数日前とすら、がらりと様相を変じている。

白く塗られていた塀は黒ずみ、閉ざされた門の表面にぶつぶつと泡のごときものが浮かんでは消えている。はじけた泡から、異臭を放つ泥がしたたっていた。塀越しに突き出た木々の枝々も、ねじくれた形をしている。

さしもの徹之進も茜も、近づくのがためらわれるほどだ。

「おうおう！　この家のお嬢さまがお帰りですぜ！　開けていただけませんかね！」

黒丸が、声をはりあげた。

むろん、答えはない。

「よい、黒丸どの。拙者がやろう」

徹之進が、すらりと刃を抜き払った。

ぴぃんと、清冽な音が響く。

烏天狗の矢太秀が運んできた霊刀、清流丸である。

「……ううむ、あらためて見ても、やはり素晴らしい剣だ。拙者ごときが使うはおこがましく存ずるが、これも世のため人のため」

「そして？」

「良き妖怪のためじゃ」

黒丸の合いの手にそう答えると。

やっとばかりに気合一閃。まっこう振りおろす。するとどうだろう。その刀身から、清らかな水流がほとばしった。

化け鯨の吐く怒濤とは異なる、見ているだけですがすがしくなる、澄んだ水だ。

それがぶつかると、門扉の表面はぬぐわれたように美しさを取り戻し、さらには音もなく開いていった。

正面から斬りぬける案に、徹之進が躊躇しなかった理由の一つが、この霊刀だ。

「まあ。南総里見八犬伝《なんそうさとみはっけんでん》に出てくる、名刀村雨《むらさめ》のよう」

「馬琴《ばきん》の頑固爺《がんこじい》さんは、親父どの……僧正坊さまから、たまに話を聞いて物語に仕立ててましたからねえ。村雨も、たぶん、こいつから想を得たんでしょう」

茜が感心して、黒丸が自慢げに言った。

「気楽な話をしている時ではないぞ」

徹之進が苦笑いをして、歩を進めようとした。

「おっと、お待ちくだせえ」

徹之進を制して、黒丸が進み出た。

そして、ふところから、文字やら複雑な図柄が書きこまれた、長方形の紙片の束を取り出した。これも、矢太秀が運んできた結界の札《ふだ》である。

「それは？」

「鞍馬の御山でいただいてきた、霊験あらたかな護符《ごふ》でございますよう。一枚二朱《しゅ》もいたしますが、惜しまなくてもいいと、言っていただきましたからね」

黒丸はそう言った。言われれば、護符や呪札《じゅさつ》についての知識がない人間二人は、信じるしかなく、ずいぶん金釘流《かなくぎりゅう》の呪文だな、くらいしか感想はない。

「では、参りますぜ」

と言いながら、黒丸が走り出した。ぱあっと護符と称した紙束を撒いてゆく。

どこからか呼ばれた風に乗り、札は庭にひらひらと散った。

地面に落ちたり、木々の幹に触れると、ぴたりと、まるで糊のついた千社札のように貼りついてしまう。

少しでも、呪術や魔道の知識があるものが見れば、この札が、護符でもなんでもない落書きだと、すぐに看破してしまっただろう。

ところが、紙片が落ちた泥沼からは、狼がぬうっと出現しようとしても、どうしても形になれないのだ。正統の術によるものではないが、確かに、この紙切れには妖怪を抑えこむ力があった。

「さあ、いまのうちですぜ！」

数日前の脱出のおりには、あれほどの時間を費やしたものだが、狼どもの妨害がなければ、門から玄関まで、さほどの時はかからない。一瞬で駆け抜けた。

上がり口に置かれた屛風《びょうぶ》が、狩野派の竹林に虎から、おぞましい極彩色の地獄絵になっていることに、茜は眉をひそめた。

「いまは気にしてる場合じゃございませんぜ。土足で上がりなせえ」

「そうだな」

一瞬の躊躇を黒丸に見抜かれ、徹之進は苦笑いしつつ、歩を進めた。

「……ぬ」

板の間に、足が沈んでゆくような感覚があった。まるで腐り果てているようような。

「せやっ！」

とっさに、徹之進はふたたび清流丸を打ち振っていた。まっすぐ奥に続く廊下を、さあっと水が清めてゆく。さながら屋内の雨だ。

だが、人の身で霊刀を使いこなすのに、代償なしとはゆかぬ。

いま、徹之進は、ずっしりと疲労を感じているはずである。

「あと、一、二度が限度でございますぜ。それから、お気をつけくだせえよ、徹之進さま。清流丸は、あなたの心が濁れば濁りやす」

「心得て……おる」

砕けかけた膝にぐっと力をこめて、徹之進は、背を伸ばした。

その背にぴたりと張りついて、茜は背後を守った。彼女の手はふところにさしいれられて、何かを強く握っているようだ。

妖気に汚されたとはいえ、勝手知ったる我が家である。父はこちらにいるだろうと見当をつけて、茜が進むべき方角を指示する。

「……黒丸どの、いかがされました？」

茜は、玄関から先に入ってこぬ黒丸に、けげんな顔を向けた。

「申しわけございやせん。あっしは、ここで護符の番をしねえといけねえようで」

と、言いつつ、黒丸の手から紙片が放たれる。茜と徹之進の位置から、飛んでいった先は見えないが、何かが破裂するような音が聞こえた。だが同時に、何かおぞましい気配が近づいてくるのを、人間である徹之進と茜ですら感じとった。

「へへ、どうやら、きりがねえ。ここはあっしが、なんとかします。家老さんのこたぁ、ご家族のおふたりに、全部おまかせいたしますよ……」

「黒丸どの、そなただけでは……！」

案じる声の徹之進らに背を向けたまま、黒丸は、気楽な声で応じた。

「なあに、護符が切れたら逃げますから。ご心配なく。あっしも千槍組のひとりでさ」

「……すまぬ、まかせた！」

後ろ髪を引かれる思いを断ち切って、徹之進と茜が走り出す。

だがしかし、彼らとて、庭の光景を見ていれば、自分たちだけで先へ行こうとはせず、黒丸を引きずってゆこうとしたに違いない。

庭は、狼であふれている。戦疋狼どもである。牙をむき、唸りをあげている。まさしく一千いるかもしれぬほどの、野獣の群れだ。

しかも、狼だけではない。泥人形も、大勢まじっている。彼らを束ねるがごとく、中央に泥の塊の大入道がそびえていた。たった一つの眼球をぎょろりと動かし、腰から下は泥沼。腕はふつりあいなほど長く太く、大きな拳を地についている。

眼球の下に穴ができて、その周辺がぶつぶつと泡立った。

「我が名は泥田坊泥庵。餓鬼道なり。この里を操る人形師の頭領よ」

意外に明瞭な声で、名乗った。頭領というからには、どうやら人々を煽りに回っているのは、こやつの配下である別の泥田坊なのだろう。

「逃げるのなら、もう逃げたほうがよいぞ。もちろん、逃がしはせぬがなあ」

と、泥田坊が言う。

徹之進と茜には見えていなかったことではあるが、じつは黒丸の手はもう空だ。

黒丸、がくりとうつむいた。左右に広げた手も、しっかりとふんばった両足も微動だにせぬ。声も漏らさず、かすかにふるえている。

「すでにあきらめたか。はいつくばって命乞いしてみい。面白ければ、芸の続く限りは生かしておいてやらぬでもない」

ぐぶぶと、不気味な声で泥田坊が笑う。

笑っているのは、泥田坊だけではない。狼どもも、黒丸を侮りきっている。

徹之進と茜を追うのに、急ぐようすはない。前回は、逃がさぬために襲いかかってきた。今回は、みずから飛びこんできたのだから、あせる必要はないと考えているのだろう。

たった一人では、たいして遊べないな——という空気をまとって、大儀そうに狼どもが動きはじめ——。

止まった。

「ぐぶぶぶぶう……」

ただ一人、泥田坊だけは、戦疋狼たちが動きを止めたことに気づかず、笑みをもらしたまま黒丸の眼前まで、ぬめりすべって前進し。

そこでようやく、狼たちがついてこないことに気がついた。

「む、どうした、おのれら？」

問いかける泥田坊に、狼たちが、何かを訴えるような目を向けた。

その時、くっくっくと、黒丸が笑った。

「泥人形を作って、人間を煽りたてることしかできず、数に頼り、弱いとみた相手しか襲わねえ、そんなてめえには、わからねえだろうがなあ」

はははは、と、高笑いになった。

「狼どもは、わかったようだ。さすが、狩りをする獣だよう。相手が獲物か、それとも自分たちが獲物か、そんくれえはわかるんだろう」

黒丸が、はじけるように顔をあげた。泥田坊を睨みつけるその顔は、先ほどまでの童顔垂れ目ではなく、きりっと吊り上がった切れ長の目を持つ美青年。

「や、なんじゃ、おのれ。いつ入れ替わった……」

別人と化したかと、泥田坊がそのようなたわごとを口走るほどの変貌ぶりであった。

「人間たちなら、ともかくも」

声も違う。落ち着いた美声である。

それは間違いなく、千槍組の美女たちに、妖怪と人の適切なへだたりを守るよう、指図をくだしてきたあの声だ。

少し前まで黒丸としてふるまっていた、その者は言葉を続けた。

「おまえたちまで、あれが護符だなどと思うておるのかよ。餓鬼道のなんのと大げさな名乗りをしやがって、その程度の眼力もねえとは。やはり、泥は芯まで泥か」

「な……な……」

怒りのあまり、さらにぶつぶつと泡をはじけさせる泥田坊だが、黒丸は意に介さない。彼の右手が、ゆっくりとあがり、肩の高さでまっすぐ横に伸びる。

刹那、その背から光がほとばしる。いわゆる肩甲骨のあたりから、のびた白光が凝って形となり、白い翼になった。

右片方だけの、真っ白い鷲のような翼。

それが、輝き煌く羽毛を巻きつつ、ぐるりとおのが自身を包みこんだ。

「ぬぼはぁぁっ！」

白い翼が羽ばたき、泥田坊を吹き飛ばした。

白い羽が、あたかも雪か、あるいは散る桜のごとく、あらわれた輝く姿を飾る。

髪は伸びて銀の細糸のごとく、純白の不動袈裟《ふどうけさ》と鈴懸《すずかけ》の山伏装束《やまぶししょうぞく》。しかし、手にしているのは法螺貝《ほらがい》でも錫杖でもなく、柄の長さが半間《はんげん》、穂先が一尺ほどの、手槍だ。

左右それぞれにかまえている。

「お、おのれは……」

地面にたたきつけられた泥田坊が、再度、形を作りつつ、呻き声をあげる。

「名乗ってやるから、よっく聞くがいい。聞いてひれふせ。従え。そうすれば、滅びずにすむかもしれん」

地面に向けられていた槍の穂先がゆるゆると上がり、ぴたり、天を指した。

「我が名は千槍白羽丸。天狗の総大将、鞍馬山僧正坊が一子なり！」

ひれふそう――と狼どもは思ったかもしれぬ。だが、その時。

「片羽の、半端天狗ごときがっ！」

泥田坊が吠えた。

きん、という音を幻聴したのは、その場に居合わせた狼すべて。

空気が凍りつく音だ。

「その通り」

静かな声で、黒丸――白羽丸が言った。

「いま、わたしの翼は片方だけだ」

静かな声にこめられた怒り。ああ、自分たちはこいつに殺されるのだと、狼たちは悟った。

「片方しかないゆえに、こうして力をふるえる時間は限られてしまった。千槍組の者たちを助けるにも、限度がある」

一度は天を指した槍の穂先がまた動きはじめる。

右はまっすぐ正面、泥田坊の胸板を貫かんとし。

左はゆるやかな円を描いて狼たちを睨めつけてゆく。

「限度はあるが……おぬしらを退治するには、充分に足りる」

「ぬかすな！　わしは泥ぞ！　槍など通じるわけがあるか！」

言うが早いか泥田坊、そのまま天高く伸び上がった。そして、そのまま白羽丸にのしかかる。泥の体の内側に、白羽丸を飲みこもうというのだろう。

人間ならば逃れるすべはない。

が、白羽丸はどうか。

「槍が通じるか、だと？　わたしとおまえ。妖怪としての器量の差を考えよ……！」

喝《か》ッ！

気合いとともに、右手の槍が、白羽丸の手から飛んだ。白い輝きに包まれて、先ほど狙っていた通り、泥田坊の胸板のど真ん中に。

穂先が触れたその瞬間、強烈な光が、泥田坊を吹き飛ばした。一瞬で乾燥して、粉々に砕け散る。熱で乾かしたわけではない。白羽丸の純正な天狗の妖力が、泥田坊の生命を支えていた邪悪な妖気を打ち消したのだ。

その妖力を槍にこめるために、さしもの白羽丸も、一瞬ではあるが動きが止まった。

ここしかない、と狼たちが動く。

一斉に十頭ほどが殺到した。白羽丸の左の槍を封じて、奪いとるためだ。若い数頭が、自ら穂先に串刺しになった。その体が妖力で吹き飛ばされる前に、他の狼どもが体当たりをし、喰らいつき、もぎとった。

戦疋狼たちが色めきたった。

確かに白羽丸が発する妖力は、自分たちをはるかに凌駕すること、間違いない。

だが、素手になった。天狗とはいえ、片方の羽だけで飛べるとは思えない。

勝てる――。

そう踏んで、猛り狂って白羽丸へと飛びかかる。

「相手が弱いと見ればかさにかかるか――。逃げれば永らえるものを」

白羽丸、小さくため息をつき。

「既に、わたしの武器は、この庭に撒き散らしておいたというのにな……」

ふたたび、白羽丸が、右片方のみの翼を羽ばたかせた。

舞のごとき優雅な動き。

ふわりと翼からすべり出る、白い羽毛。それは、宙を舞ううち、一瞬、長方形の紙片に変じた。変じて、また戻った。

いまあらわれた羽が戻った時、庭のあちこちに貼りついた例の護符も、本来の形に戻った。すなわち、白羽丸の羽毛。

そして。

「……千槍の陣！」

どこからともなく、白羽丸の手の中に、ごくごく小さな錫杖があらわれ、その先端の輪に通された遊環《ゆかん》が、しゃらん、と鳴った。

らんらんらんと反響が一瞬で庭に広がり――。

各所に散っていた無数の羽が、封じの護符と見せかけ貼りつけてあったことごとくが、すべて鋭い槍に変じる。

泥田坊が作り、戦疋狼が支配していた泥の庭が、一瞬にして槍衾《やりぶすま》の森に変わる。

ぎゃわん、という苦鳴がそこここで聞こえたのは、一気に伸びた槍に、貫かれた狼がいるからであろう。

白羽丸は、無造作に手を伸ばした。

代わりの槍は、いくらでもある。そこいら中にある。

さっそくその一本を手にして、右からかかってきた狼の顎を突き刺した。そのまま、槍ごと投げ捨てる。

腰をひねって振りむき、手をのばして摑んだ新たな槍で、背後から襲う狼を、三匹まとめて貫いた。

たんと地を蹴って、三間ばかり先へ着地。すばやく拾いあげた槍で、今度は正面の狼を目玉から後頭部を刺し貫き、そして捨てる。

抜いては刺し、刺しては捨てて。時には狼そのものを摑みあげ、槍へと投げ捨てる。

千には足りなくとも、数百はいた狼どもが、次々に動かなくなる。

地獄道を名乗った化け鯨より、こちらのほうが、まさに地獄の針の山。されど、凄惨さは感じられぬ。

白羽丸の舞うがごとく踊るがごとくの動きと、彼の動きにつれて煌《きらめ》く純白の光のゆえもある。だがその他に、狼の大半は、雌狼が言ったように、すでに寿命が尽きていたものを弥三郎婆が、妖力をそそいで動けるようにしていたもの。倒されれば、死後にいままですごした時に応じて、白骨となり塵と変わる。ほろほろと崩れ、血も臓物も残らぬゆえ、惨状という印象がないのであろう。

この場での白羽丸の勝ちは揺るがない。

だが、なぎはらい続ける白羽丸は、やがて、ひとつのあせりを感じはじめていた。

肝心の首魁、弥三郎婆が、姿をあらわさぬことだ。

もしや、徹之進と茜が向かった屋敷の奥にいるのか。

それとも、お輪の向かったほうにか。

どちらにしても、手に負える敵であろうか。

——が、ここでの戦いに勝っても、おそらくここで白羽丸は時間切れだ。この姿を維持できるのは、もうわずかな時だけ。

時を同じくして、遠くで大砲の雷声が聞こえた。化け鯨が倒れたのだろうと、白羽丸は確信した。しかし、いまから、お漣が駆けつけてくれても、お輪か、あるいは徹之進と茜が、弥三郎婆と対峙していたとして、その救援には間に合わないであろう。

「信じるしかない、か」

こみあげる不安を、白羽丸は抑えこんだ。

「既に命は尽きておるというのが、貴様らの真実の姿とあれば、滅ぼすことこそ慈悲となろう。貫ッッッ!!」

気合いとともに、突き立っていた槍が、残った狼たちを次々貫いてゆく。

戦う白羽丸の背後で、先ほど滅ぼした泥田坊の残骸が、おぞましい、ねっとりとした桃色の怪光を帯びつつあった。

●　拾六の幕　●

本日の千槍組は、一人一殺。

お輪は、空から天守閣のてっぺんへ乗りこんだ。

開けはなたれたままだった、最上層の回り回廊へ落としてもらう。

ここまで運んでくれたのは、烏天狗の矢太秀だ。まだ人の形にもなれぬ、幼い天狗である。軽いお輪だけだから、青息吐息ではあったがどうにかなった。

おりたお輪も、ほっとした気配である。いつ力尽きるかと、ひやひやしていたのだろう。振り返って、ふらふらの矢太秀を見て、そしてお輪は容赦なく言った。

「おおきにや。ほんなら、あんたはお漣ねえやんのようすを見てきて」

それに対して、矢太秀は、かあと一声鳴いた。

「ふふ、ちゃんとホンマのお未亜さんに会わせたげるさかい、いまのうちに、お漣ねえさんに気に入られとくとええ」

美人の濡れ女に紹介してやるという約束で、仕事を引き受けさせたのだ。

「……まあ、うちはそのお未亜さんに、会うたことないけどなー」

と、舌を出したのは、矢太秀の姿が消えてからだ。

それから、お輪はそろそろと天守閣の中へ入っていった。

多くの里人が押し寄せての、城下町の大騒ぎも、ここまではほぼ届かない。

明かりといえばさしこむ月光と星の輝きばかり。奥まではとうてい届かぬ、大広間である。やはり、現実にはありえぬ広さのままだ。

だが、この大広間、先日と様相が異なっている。

襖も畳も、すべてとりのけられたようだ。すべて見通せる。

そしてむき出しになった床に、いくつも六芒星《ろくぼうせい》の紋様が描かれているのだ。

部屋の中心に、四方を御簾で囲まれた一角がある。その中だけは、畳が残っているようだ。その御簾のあたりを囲むように、六つの角を持つ星型が、あわせて六つ、描かれている。

ひとつひとつは、おとなが大の字に寝ても手足がはみださぬほどの大きさか。

お輪に、妖術や呪術の知識は乏しい。しかし、六芒星の形が、陰陽術《おんみょうじゅつ》や修験道《しゅげんどう》などさまざまな場で使われるくらいのことは心得ていた。

内部にさらに複雑な、未知の文字とも奇怪な模様ともしれぬものがびっしり書きこまれたこの六芒星が、六道合一なる儀式にかかわっているのだろうな、ということくらいはわかる。

わずかな間だが、お輪はじっと六芒星を見つめていた。書かれた文字が、六道をつなげる門、という意味合いに見えてくる。

と、その時、六芒星のひとつが、桃色の光を放ちはじめた。強くなったり弱くなったり、まるで脈動しているかのようだ。

（曼荼羅《まんだら》とか……お漣ねえやんの幽霊船に乗ってた魔方陣《まほうじん》やら……本物の陰陽術の護符やら……なんかそんなもんに似てる）

これまでに出合った奇怪な事物をあれこれ思い浮かべてみたが、それが何であるのかを考えつくより前に——。

「……ッ！」

トンボをきって、無音の一撃から逃れていた。

「ぬふふふふ」

「……あいかわらず、変態みたいな笑い声やな」

はぐれ天狗の天道であった。

横殴りに振るった直刀が、つい先ほどまでお輪が立っていた位置をなぎ払っている。

「今宵は本気を出しますでそうろ」

手にした錫杖、じつは仕込み刀であったらしい。天道が右手に握っているのは、まっすぐな刀身の、両刃剣である。そして、鞘《さや》であった錫杖も、左手に握られたままだ。

変形の二刀流。

だが、それを目の当たりにして、お輪は、まったく怯むことがない。

「今夜は本気……それはうちも同じや。にゅう坊。本気で、回すで」

弟分である、輪入道の名をつぶやく。

ふところから小さな車輪が飛び出した。それは超高速で回転しつつ、お輪右手の甲に、車軸をがっちりはめこんだ。

お輪が、おのが右手を胸の前にかざす。

そこから、木目のような模様が、お輪の体に広がっていった。

「あんたの本気は、まっすぐ突っこんでくることみたいやけど、うちら義姉弟《きょうだい》の本気は、回す回すかき回す。回してまぜて、ひとつにする」

歌うようにお輪が言うと、それに応じて輪入道の回転が早まる。西洋の騎士が盾をかまえるような姿勢で、小さなお輪の体すべてを覆い隠すように、輪入道がぐんぐん大きくなる。

「これが、風神車《かざかみぐるま》やッ……！」

巻き起こった竜巻が、天道を飲みこみ、大広間の外まで吹っ飛ばす。

「ぬほ？　ぬっひょひょほほほほほほ？」

激しく回転しながら、風の力で、天道は虚空へほうり出された。

背に翼が広がっているが、天道は目が回っている。立ち直れない。そのまま、天道が落下してゆくのを確かめ、お輪は身をひるがえした。

「にゅう坊、今のうちや！」

ぎゅっと握った右の拳を、腰だめにかまえる姿勢。やや体重を右に乗せれば、ふわりと足が浮いた。お輪は直立姿勢のまま、輪入道がさらに直径を広げたのだ。

お輪の右手を軸に、輪入道が回転し、広い板の間を高速で疾走する。

目指すは、御簾で囲まれたその内側。

事件の黒幕が、天道なのかどうか。何を企んでいるのか。どちらも、いまだにわからないが、その要《かなめ》が、海比呂藩の若殿であることは間違いがない。

が、もうひとつ。お輪が若殿のもとへたどりつくには、障害がある。

「……蘭ねえやん、どいてんかっ」

行く手をさえぎる麗影《れいえい》ひとつ。妖怪樹の木刀は下段八双のかまえ。着流し姿に、根結いの美髪。垂れた前髪が、白皙《はくせき》の美貌のなかばを隠している。

蘭の、あらわになった左目には、どんな表情も浮かんでいない。磨かれた玉のほうが、まだしも見るものの心を映している分、感情豊かであるやもしれぬ。心への支配の術が、この数日でさらに深く根をおろしたか。

それと見て、お輪が悔しげに呻いた。

「……蘭ねえやん……っ」

声が届いた、その刹那。

たんっ、床を蹴り、先ほどの天道よりも鋭い動きで、木刀を振るう。燕返《つばめがえ》しか浮《うき》舟《ふね》か、正眼くずしか円月《えんげつ》か。

繰り出されるは剣術秘奥義。ただ、ふだんの彼女に比べると、どこか太刀筋が甘い。

さらにまた、速度においては、輪入道と完全に一体化したお輪が勝る。

お輪が、右腕をぐいっと体にひきつけ、あるいは腰に蝶番《ちょうばん》でもあるかのように下半身を振り回し、巧みな重心移動で、ほとんど鋭角に進路を曲げる。

お輪の肉体は、高速で走る輪入道を制御するための錘《おもり》となっていた。

鋭い切り返しで、蘭の切尖をことごとくかわす。切尖だけではない。その身もぐるりと回りこんで、御簾の中まで突っこんだ。

重ねられた畳の段差で、ダンッと跳ねてしまって宙に舞い上がったが、そのまま、くるりと身をひねって勢いを殺した。

空中で、輪入道とお輪が分離する。

そのまま、みるみるうちに縮んだ輪入道のにゅう坊は、さらなる高速回転で揚力を発生させ、円盤状の横倒しになって、ぶっ飛んだ。

目指すは夜空。いや、そこへふらふらと舞い戻ってきた、紅《くれない》の翼《つばさ》。天道だ。

超々高速回転しつつ、にゅう坊は、はぐれ天狗の胸の真ん中にすさまじい勢いでぶつかった。

悲鳴をあげる暇さえなく、天道の五体が、ばらばらに砕け散る。

お輪に追いすがろうとしていた蘭が、その光景に驚いたのか、足を止める。もっとも、その表情は、やはり動かぬままだ。

さて、天道を吹き飛ばしたのはいいが、その代償として、にゅう坊も、力を使い果たしてしまった。もちろん死ぬようなことはないが、しばらくは動けまい。

なんとか、ふらふら戻って、ぱたりと床に落ちたのを見届けつつ、畳の上に我が身を叩きつけられたお輪も、どうにか起き上がった。

御簾はすべて吹き飛ばされるか裂けており、畳の四方に据えられた行灯も、二つは吹き消され、一つは倒れて燃えはじめ、無事なのはひとつだけ。

燃える火が、贅沢な絹の布団の上に半身を起こしている、小柄な姿を照らしている。

少年だ。見た目は五つか六つの、幼さである。寝巻きでいるかと思ったが、よく見れば烏帽子《えぼし》に水干《すいかん》という、奇妙な姿だ。あるいはこれも、六道合一という謎の儀式にかかわるのか。

お輪は、なんとか我が身を起こすと、その男の子ににじりよった。

「……若殿さんか？　あんた、生きとるんよな？」

呼びかけると、その少年は振りむいて、お輪に、にっこりと笑いかけた。無邪気な笑みだ。見た者をほっとさせる笑みだった。

お輪は、その笑みを向けられ、無防備に近づいた。

瞬間、布団の中におさめられていた、若殿の繊手が閃いた。

その手に握られた短刀が、まっすぐにお輪の胸に突き刺さる。お輪の薄い胸板を貫いて、切尖が突き出た。

「……若殿はん……あんたは……」

お輪の小さなくちびるが震えた。

言葉で応じる代わり、少年は、ぐいっと短刀をひねった。

がくり、と、お輪の体から力が抜ける。

お輪が、心臓あたりを抉られた光景をまのあたりにして、蘭はなんの反応もしない。

まるで、濁った氷のような冷たい左目で、倒れ伏すその姿を見つめているだけだった。

その蘭を、桃色の光が照らし出す。二つが輝きはじめ、それを追ってさらに二つが。

そして光の中央に、何者かの影が凝《こご》りはじめた。


それと、ほぼ同時刻。

徹之進と茜は、屋敷の奥座敷へたどりついていた。

そこからは、夕霧城の天守閣を仰ぎ見ることができるのである。

そこに、立花内膳がいた。

ただし、天守閣を仰ぎ見てはいない。

突っ伏している。

周囲は血の海であった。かっさばかれた、内膳の腹部からあふれた血である。

「父上さま!」

ここまで、実の父を奸臣《かんしん》として討伐する、その覚悟を決めてきた娘であった。

しかし、現実として倒れ伏し、死に瀕している父を見れば、やはり情が先に立つのは、無理もないことであろう。

「……おお、茜。……そして徹之進か。す、すまぬが、介錯《かいしゃく》を……」

どうにか頭をめぐらせ、内膳は、囁き声で言った。

「ご家老さま、これは一体、いかなるわけでございます」

腹を切って倒れ伏した家老へにじりより、徹之進は、戸惑いつつ問いかけた。内膳はそれに答えようと、くちびるをわななかせた。

だが、すでに言葉にならない。

やむをえぬ、と、徹之進は、内膳の手から刀をとった。だが、それを押し留めたのは、茜だ。

「作法に反することは承知でございます。されど、父上は、この海比呂の人々を苦しめた大罪人。ならば……わたくしの手で」

ふたたび、茜は覚悟を取り戻している。

徹之進はうなずき、刀を、茜に渡した。すぐそばに正座をして、見守る姿勢になる。

父親のうなじに、しっかりと切尖を当てて、茜は、全体重をかけて押しこんだ。わずかに震えて、内膳が事切れる。茜は、父に刃を突き立てた姿勢のまま、涙をぼろぼろとこぼし、奥歯を食いしばったまま、死骸となった父に問いかけた。

「父上……これはいったい、どういうことだったのでございますか」

「そやつは、つい先ほど、騙されておったことに気づいたのじゃ。化け鯨が、民を殺そうとしておると悟った時にのう」

と、もうひとつ、息も絶えの、しわがれ老いた声が聞こえた。茜が、剣を捨てて、ふところに手をさし入れる。

それより早く、はじかれたように立ち上がった徹之進は、隣の部屋とこの座敷を隔てる襖を、がらりと開けた。

そこには、黒い塵へと還りかけている、巨大な狼が一頭。

「うぬれはっ！」

徹之進は抜刀した。あたりに清らかなしぶきが撒かれ、それを浴びた狼が、うめき声をあげた。狼の左右には、朽ちかけた着物が、切り裂かれて脱げ落ちている。

弥三郎婆であった。

「こやつはな、わしらを騙しておるつもりでおった。この里を妖怪の楽園にしてやるから、力を貸せ、となっ。おのれの儀式のために働かせようと、わしらに甘言《かんげん》を吹きこんでおるつもりじゃったのよ」

「……つもりでいた、とはどういうことだ」

徹之進の問いに、弥三郎婆が、ぜいぜいと喉《のど》を鳴らした。

あるいはそれは、この古参の妖狼の笑い声であったか。

「本当に騙されとったのはこやつじゃ。ここが妖怪の楽園になるのは本当じゃ。そのための儀式を、おのれの主君の魂を呼び戻す儀式と思いこまされておったのさ。抜け殻になった主君を救えると思いこまされておったのさ。善人面《づら》した内膳めが、必死で悪人ぶってみせるのは、面白かったわい」

ぜいぜいという喉を鳴らす笑い声が、さらに高まる。

「……おのれっ！　だが、そういうことか。腑《ふ》に落ちたわっ」

徹之進が、ぎりぎりの怒りを耐えて吠える。

死んでいる若殿を救うという話と、若殿は死んでいなかったというお輪の証言。その食い違いは、魂だけが抜かれ、肉体のみが生きていたとすれば、氷解する。

「怨霊に喰われた、それをなんとかするには、民の苦しみを力の源とする儀式を行うしかない……と、悩んでおった。操られるわしらにさえ、申しわけないと思うておったようじゃなあ」

「操られているふりをして操る……。どうして、そのようなややこしいことを！」

茜が、涙に濡れた目で、きりっと弥三郎婆を睨む。

「内膳を言葉たくみに言いくるめられたのは、我らが真の首領であるあの方じゃ。本当のことを知らずに悩む、その立花内膳の苦しみが、また六道合一の儀式に力を与えるからであろうよ。じゃが、化け鯨めが民を殺しそこねたでな。儀式の呪力のもとになる恨み辛みがまだ足りぬ。そこで本当のことを教えて、逆上させた。内膳に溜まった民の恨みと、こやつ自身の憎しみがあれば、儀式の呪力に足りると踏んだが、いやまさか、わしを打ち果たすほどの怨念になるとは思わなんだわい」

「……おお。……父は、父はやはり、邪悪ではなかった……」

弥三郎婆の言葉を耳にして、茜は涙にくれた。だが、古参の妖狼は、それをもまたあざ笑った。

「くくく。惑わされたことが申しわけないと、民を苦しめたことを詫びねばならぬと、天守閣の天道どのを呪いつつ、腹を切って死んでいきおったわい。じゃが、真のことを知ったそやつの怒り悲しみ、それがまた六道合一のための呪力に化する。術がなしとげられれば、わしも、すぐに転生して蘇ってこれる。つまり、こやつは、ただの無駄死ににじゃわい。阿呆じゃ阿呆じゃ。我らに踊らされて、無駄に死によった、大うつけよ」

「おのれ……っ、おのれぇぇぇっ！」

徹之進が、血を吐くように、哀しみと怒りの悲鳴をほとばしらせた。もとから感情の起伏の激しい若者だ。さすがに、この挑発には耐えられなかった。

「いやあああああ！」

斬ッ、と振りおろされた清流丸が、弥三郎婆の首を刎《は》ねる。

狼の首が、胴を離れて転がった。

と、その時、おぞましい桃色の光があたりを満たした。茜と徹之進の姿が、光に飲みこまれ、かき消えてゆく。続いて、弥三郎婆の頭も胴体も、光に飲まれて消えていったのである。

●拾七の幕●

豪華な布団の上に、お輪が倒れ伏している。

彼女を刺し貫いた短刀を、まだ握ったままで、海比呂藩の幼き領主、山室吉延はすぐそばに座っている。

そのかたわらに、何も反応せず、ただ立ったままの、蘭。

それが天守閣内に広がる、ありえぬ大広間にいる者たちであったが。

最初から光っていたひとつに続いて、四つの紋様円が、桃色の輝きを放ちはじめ、それぞれのうちに、人影を凝らせる。

ひとつは、ずぶ濡れのままのお漣である。

もうひとつは徹之進で、頭だけになった弥三郎婆の姿もある。

そして茜だ。彼女のそばに、死んだ内膳の体もある。

最後は、泥田坊の残骸と、黒丸であった。白羽丸の姿ではない。みずから言っていたように、白羽丸の姿でいられる時には、限りがある。それが既に、終わってしまったのだろう。

四人すべて、精魂尽き果て、疲れ果てたようすだ。

茜と徹之進は衝撃から立ち直っておらず、お漣は腕の片方を海水に変えられ、失ったままである。黒丸は、白羽丸としての戦いが疲労を招いたのだろう。

「これはいったい……？　ここはどこだ？」

まず言葉を発したのは徹之進であった。

「どうやら、妖術のからくりに、あっしらも組み込まれてたみてぇですね」

黒丸がぐったりしたようすで言った。お漣もうなずく。

「呼び寄せられたようだね、妖術で」

「お漣さま、黒丸どの、よくぞご無事で……」

茜が声をあげる。そして彼女は、倒れているお輪の姿に、ひっと小さく悲鳴をあげた。だが、それで泣き伏す娘ではない。

「あなた……！　あなたが蘭どのですね！　どうしたのです、友であるお漣さまが、そしてお輪ちゃんがそのような姿になっているというのに！」

茜に、なじるような声を浴びせられても、蘭は微動だにしない。

「いやいや、人間が、その方を責めるは愚かでござりますぞ」

ひゅほほほほと、気味の悪い笑い声が、最後の円から聞こえた。聞こえたと同時に、まだ輝きを放っていなかったその円に輝きが宿った。

そこから、真紅の羽をそなえた、派手な顔立ち、派手な着物の男がせりあがってくる。穴など空いているわけではない。虚空から、その姿があらわれているのだ。

この円は、妖術によって遠く離れた空間をつなぎ、招き寄せるものであった。

「あんたが、お輪の言ってた天道かい」

「いかにもいかにも」

お漣の問いかけに、派手な男はうなずいた。

先ほど、にゅう坊の体当たりによってばらばらになり、はるか大地へ落ちていったはずの、はぐれ天狗の姿と寸分、違いがない。

だが、死んだはずだと驚く者はいない。にゅう坊はいまだ床に落ちたままだし、お輪は刺されて動かぬのだ。

「おまえさんが、この大騒ぎの黒幕ってことで、いいのかねえ？」

黒丸が、あぐらをかいて座りこみ、気楽そうな口調で尋ねた。

「妖怪が、憎いでござりましょう?」

楽しそうに笑いながら、天道は、ぐるりと四人を見回した。

「お仲間は体が死に、心が死に申してそうろ」

天道が、倒れたお輪と、立ち尽くしたままの蘭を指差す。お漣は、全身から怒気をあふれさせてきりっと睨み返し、黒丸は諦観したようにうつむいた。

どちらも、何も言わない。

「あなたの父上も亡くなられたでそうろ?」

告げられた茜は、もう涙を流さない。

むしろ、その全身に力がこもっている。

彼女の憎悪の視線をまっこうから浴びて、天道は、むしろ満足そうにうなずいた。

「わしが、憎いでござりましょう?」

ひょひょひょと、顔に似合わぬ奇態な笑い声を天道があげる。

「けれど、いかに憎んでも何もできはしませぬぞ。人間は無力で弱い。ひょはははは。ここで、我らが六道合一をなしとげるのを見るがよい。そうして、大好きな故郷が、妖怪の楽園となるのを見届けるがよいのでござります」

抑揚のない、何かを読み上げるような声音が、ますます聞く者をいらだたせる。

「あなたは……何が望みです！」

茜が、ついに辛抱できなくなったか、ふところにおさめていたものを取り出した。

短筒である。お漣が幽霊船から取り出して実体化させ、茜に預けた拳銃だ。

その筒先を向けられても、天道は、動じるようすもない。派手な顔だちを、にんまりと嘲《あざけ》りに歪めて、ゆらゆら頭を揺らしつつ、茜に言い放った。

「むろん、妖怪の楽園。人間を苦しめてその怨嗟の声を聞くことでござります」

あまりといえばあまりな答えに、茜が、その美しいかんばせを憎悪で歪ませる。引き金にかかった指に、力がこめられようとした。

その時だ。

「だが、憎まぬ！」

大広間を圧したのは、徹之進の怒号であった。

「茜どの！　こやつに乗せられてはなりません。何を企むかは知らぬが、こいつは、我らに憎まれようとしている。人間に妖怪を憎ませようとしてきた。それを忘れてはなりません！」

はっと表情を変えて、茜が、拳銃をあわてておろした。

「いいか、天道とやら。拙者はおまえを憎まぬ。なぜなら、憎むに値せぬからだ。以前、内膳どのに言われたことがある。憎むとは、愛するがゆえのこと。わたしがおまえに抱くのは、ただ蔑《さげす》みだけだッ！」

裂帛《れっぱく》の気合いに対して、天道は何も反論をしない。押し黙って、徹之進の言葉を聞いている。

「拙者は妖怪をひとくくりに憎むこともせぬ。できぬからだ！　小さなアマメハギや、小さな天狗どのたちが、その力を尽くし、危うきを恐れず、我らに力を貸してくれた。そのことを、拙者は知っておる。人間に悪と善があるごとく、妖怪にも悪と善がある。だから、妖怪を憎まず、ただ貴様に怒るのみっ！」

と、言葉では言う。

だが、実際の感情が、純粋に怒りだけとなることはあるだろうか。蔑みは、憎しみに近くはないか。それでも、茜も黒丸もお漣も、徹之進が突撃するのを、止められなかった。

「消えよ、怨霊！」

だだっと駆け寄り、清流丸を徹之進が振りあげる。

振りあげられた剣を見つめて、そこに確かに憎しみがあると、いまだ真の姿を見せておらぬ黒幕が確かめて、ほくそえんだその時だった。

「あかん、あかん。そいつを斬っても無駄や」

お輪の声が、徹之進の腕を引きとめた。

彼女はまだ、うつぶせに倒れ伏したままだったが、その声は明瞭である。

「……なん……ですと？」

「そいつは、ただの操り人形や。うちと一緒で」

はっと腰を浮かしたのは、それまで、それこそただの人形のように、座りこんでいた若殿だ。山室吉延は、子供らしくない動きで立ち上がり、逃げようとした。

「あかんで」

その時、お輪の胸もとから、円盤のようなものがひとつ飛び出した。輪入道のにゅう坊に似ている。それは、小さな糸車だ。

糸を引きながら、くるくるっと若殿の周囲を回った。

お輪の糸が、若殿を縛りあげる。全身をぐるぐる巻きにされて、ばたりと倒れる。

「う、うぬう！」

少年の姿に身をひそめていた、事件の真の黒幕が、呻きをあげた。

「わかってたで、あいつが人形やいうことは。あんたが人形遣いやとは思うてたけど、確実やなかった。せやから死んだふりしたんや」

お輪の声が、小さな糸車から響く。これが、彼女の本体だ。

糸車の付喪神《つくもがみ》である。

九十九年、使われ続けた道具は妖怪になる。そう人間たちが信じたことから生まれたのが付喪神だ。だが、お輪が使われたのは九十八年。まだ一年足りなかった。

けれど、最後に愛用してくれた年若い娘が、邪悪な妖怪に命を奪われた時、娘の『まだ生きたい』という願いが、彼女が愛用していた糸車を、付喪神として覚醒させたのだ。

生まれたての付喪神が、最初に行ったのは、自分を生み出してくれた娘の魂を、その肉体に縛りつけることであった。

だが『死』の衝撃は厳しいもので、娘の魂は、そのまま永劫《えいごう》の眠りについてしまった。

以後、この糸車の付喪神は、おのれを愛用してくれた娘の体を、眠る魂に代わって、操ってきたのである。

完全ではない、半端妖怪として生を受けた付喪神だが、生みの親である娘を想う気持ちが、その妖力を強くした。

糸車は、いつか彼女を本当に蘇らせる手段を求めて旅をはじめ、そして、すでに組んでいた、お漣と蘭、黒丸に出会ったのだ。

半分が妖怪で、半分が人間。お輪の場合は、こういう事情である。

ゆえに、天道を見て、おのれに似ている、と感じた。

同じ境遇であるがゆえに、はっきりと言葉にできるほどではないが、操り人形ではないかと、悟っていたのだ。その身の内ではなく、外から動かされているのだろう、と。

だから、お輪は、先ほど天道がバラバラになった時も、油断はしていなかった。人形操りがいるとすれば、心当たるのは、若殿のほかになかった。

とはいえ、いきなり刺されるとは思わなかったのだが。

若殿からは、空虚な印象を受けていなかったせいもある。

幸いなことに、本体である糸車はそれた。

ふところにおさめていた、鳥のおもちゃが邪魔してくれたおかげだ。おしげにもった、あのおもちゃである。

むろん、そうはいっても、並みの人間なら致命傷だ。だが、いまは人形でしかない肉体なので、糸で縫《ぬ》い合わせるだけで、傷は癒《いや》すことができる。

縫い合わせるのに、時がかかってしまったが、それが、相手の意表をつくのに、ちょうどよい結果になった。

それゆえの、この逆転劇である。

「まさか……殿がすべてを企《たくら》んでおられたなど……。まだ子供であられるのに……。弥三郎婆が口にした、ご家老を騙していた真の首領とはまさか……」

刀を振りあげたまま、混乱しきった徹之進は、天道と若殿を交互に見た。

若殿が逃げ出そうとして糸車に捕らえられてから、天道は動かず、話すこともしなくなっている。そのことからも、若殿に動かされていた操り人形であったことは明白だ。

「ひょははは、みどもが、子供だと申しよるのか。それはどうかなあ。安心せい、みどもは、そなたの殿ではない。なにせ、この身体に入っておった、吉延の魂はいまもどこかを迷うておる」

幼い顔立ちには似合わぬ、おとなの声が、若殿の口からもれた。

「このような肉体に閉じ込められたからとて、あるいは魂が六つに裂かれた欠片の一つでしかないとて、みどもを甘く見るでないぞ。おのれらが、素直に従わぬというのであれば、氷の娘よ、こやつらをみどもに従わせる。手伝いをせい。こやつらに、おのれの顔を見せてやれ」

その言葉に、みなはっとして蘭を見た。

ゆるゆると彼女が動き出す。倒れたままのお輪の肉体の脇を通り過ぎ、燃え尽きかけている倒れた行灯の近くへ進み出て、そこに置かれたひび割れた鏡に手をのばした。

蘭をこのようにした妖術は、鏡が大きな役目を果たしたようだ、という話は、みなもお輪から耳にしている。

「ちょいと、蘭のあねさん！」

あせった声で黒丸が呼びかけたが、蘭は聞いているようすがない。彼女は、鏡を、みなそれぞれの眼前に突き出そうとするだろう。

「そうです……。鏡だけを撃てば」

はっとしたようすで、茜が銃をかまえ直した。彼女なら、それができる。山小屋にひそんでいた時、狩りでさんざんその腕前は発揮されていたのだ。

「バカめ、氷の娘が、その身でかばうわい。そいつは弾が飛ぶより早く動くからのう」

若殿に言われて、引き金にかかった茜の指が止まった。

「氷の娘よ、まずは、この糸車に糸をほどかせよ」

若殿が命じた。お輪を鏡に映せということだ。蘭の心を惑わした、あの術が使われる。

誰しもが緊張したその時に、ただひとりお漣だけが、気楽そうな声で言った。

「ちょいと、蘭。そろそろ、いいんじゃないのかい。正気にもどんな」

腕一本をなくして、幽霊船も呼べず、もはやなすすべなくたたずむだけに見えたお漣の、その声に秘められた不退転の心情。

だが、それはやはり届かなかったのか。蘭は、命じられたまま、鏡をお輪に向けた。

操り主たる、若殿が、にんまりほくそえむ。

——刹那。

「茜さん！ あいつの目ン玉、撃ち抜いておくれっ！ 髪の奥の、右目だよ！ あたしがやるより、あんたのほうが間違いがない」

裂帛の気合いで、お漣が叫んだ。

お漣の声にこもった気迫に、茜は、躊躇《ちゅうちょ》をふきとばされた。

「はいっ」

返事をすると同時に、茜は、狙いをつけて、引き金を引いていた。

顔に驚愕の色を浮かべたのは、操り手である若殿と、そして徹之進だ。

銃弾は、ほんのわずかもぶれることなく、蘭の、髪に隠された右目に命中した。ふだんの蘭ならば、銃弾をよけることさえ簡単にやってのけたはず。

だが、いまは、それができなかった。

右の目は、見えていなかったからだ。

見えぬほうから飛んできた弾丸は、さしもの蘭でもかわせない。

銃弾が、蘭の右目に命中した。

だが、弾丸が彼女を貫くことはなかった。正確には、弾丸が命中したのはその眼球ではなく、蘭の右目を覆っていた、氷だからである。

大きく前髪が舞いあがり、瞳があらわになる。いま、蘭の右目は青くない。白い。氷がまぶたの上から目を塞いでいる。

弾丸によって、氷には、ひびが入った。

次の瞬間、砕けて散った。散った破片が、きらきらと宙に舞った。

舞って、また固まった。

大きな、氷の板が空中にできあがる。

それは、氷の鏡となって、蘭が抱えた呪術の鏡と、お輪の本体である糸車の間に浮かんだ。

光が複雑に屈折する。

青い目を開いて、蘭が、本来のおのれの表情を取り戻して、にやりと笑った。

「……あいにくだな、妖術師。あたしにも、鏡を扱うことはできるんだ。氷の鏡なら、な」

蘭は、記憶を書き換える妖術に敗れた時、とっさに、おのれの大切な記憶を、氷に封じて隠したのだ。その氷が砕かれたことで、記憶は彼女に戻り、そして偽りの記憶をふたたび上書きした。お漣やお輪、本当の記憶を支える者たちがいてくれれば、偽《にせ》物《もの》などに負けはしない。

形のないものを凍らせるとは、常人には理解しがたいことである。しかし、妖怪はそもそも想像力という形なきものが形をとったもの。自分の感情や記憶を、形にすることも、修行によって可能になるのだ。

蘭が、その修行を思いたったのは、これまでの旅の途上で二度ばかり、心の隙をつかれて操られた経験があるからだ。

お漣とお輪が白羽丸の助けで敵を倒してくれて、ようやく正気に返り、悔し涙にくれたこともあった。

仲間は許してくれたが、もう同じことは繰り返さないと心に誓った。だが、操られないというのは難しい。そこで、操られても、早く正気に戻れる工夫をしたのだ。

自分の、心の核となるところを氷に封じて、いざという時、仲間に解放してもらう。そんな術を作りあげたのである。

「ひでえことさせてくれたな、術使い。だが、もうおしまいだ。まずは、あんたの昔、見せてもらおうか」

蘭の青い目が光り、空中に浮かんだ氷の鏡がますます大きくなった。

呪術の鏡に映されたのは、術者である若殿の顔だ。

「バ、バカものっ！　止めろっ！」

「せっかく戻って、なんでおまえに従うわけがあるか」

蘭の返事は、もはや、若殿に、その内部に潜んだ真の敵には届いていない。

やつの術を逆利用した蘭が、その記憶を、氷の鏡に映し出す。

敵の名が、ようやく知れた。

『我の名は土御門《つちみかど》神魅丸《みみまる》。都《みやこ》随一の陰陽師なり』

この鏡の術は、映された者の過去を暴きたて、劣等感と負の記憶で心を折る、というものだ。

無数の記憶が、鏡の上にあふれた。多すぎて、あまりに素早く変化してゆくため、見ている蘭や仲間たちも、細かいところまでは理解が及ばないが、おおよそのところはつかめた。

「……どうしようもないねえ、こいつは」

お漣が、あきれた声をあげた。

神魅丸の記憶は、すべて挫折と欲求不満に彩られていたのだ。

「たいした陰陽師だってのは、本当じゃないサ。だってぇのに、なんでそれだけで満足できなかったかねえ」

「う、うるさい！　きさまのような、下賤《げせん》な女に何がわかる！」

お漣の言葉に、神魅丸は、子供のようなかんしゃくをぶつけてきた。

彼は、確かに優れた陰陽師であった。

だが、その実力に見合う扱いを、求めすぎる男でもあった。

「まあ、いまの時代、朝廷に仕えて、占いだのなんだのやったところで、ちやほやされるでもないしねえ」

「知ってるか、お漣。もともと、暦《こよみ》はこいつら陰陽師が作ってたらしい。けど、いまは幕府の天文方にお役目も奪われた」

「蘭ねえやん。よう知ってるなあ。ほんならこいつ、僻みのあげくに……こんなひどいことしでかしたんか……」

お輪の声がかすれたのは、疲れのせいばかりではなかろう。

映し出された、神魅丸の所業のむごたらしさ。

「いかに知恵なき獣、悪しき妖怪といえど、このようなことが許されるか！」

熱血漢の徹之進が吠えて、茜は彼のふところに顔を埋めて、鏡に映された記憶を見まいとしている。

神魅丸は、確かな占いの実力を持っていたが、その傲岸不遜《ごうがんふそん》な態度ゆえに、頼られることがなかった。神魅丸が、みずからの実力を示す最後の手段として思いついたのが、妖怪退治だった。いかな妖怪だろうと、派手な方法で、苦しめつつ滅ぼした。

「どうやら、いまから七年ほど前のことだね。もう僧正坊さまたちが、妖怪と人間との関わりをなるべく断とうとしてらした頃だ」

お漣は、その頃にもう、白羽丸の父である、僧正坊と知り合っていた。

「そうかい。僧正坊さまがえらいめにあった、妖怪虐殺の陰謀、あれにかかわった一人だったんだね、神魅丸さんとやら」

七年前は、深山や孤島に隠れるか、あるいは人間に化けて完全に溶け込むか、いずれかを選ぶようにと、僧正坊らの大妖怪が、ほかの妖怪たちに教えはじめていた頃である。

そこへ、実力を持つ陰陽師が、ただ自分の名をあげるためだけに、妖怪退治に飛び込んできたのである。

「あん時はまず、妖怪たちを煽って、人間を襲わせたと聞いてやす」

力を使いはたし、口をきくのもおっくうなようすだった黒丸が、半身を起こして言った。神魅丸の所業への怒りが、その身に力をそそいだのだろう。

「妖怪退治で名をあげるには、それにはまず、妖怪ってえモノが本当にいるんだと、世間さまに知らせなきゃ意味がねえ」

存在を認められず、恐れられてもいないものでは、退治しても名声は得られないからだ。

「……そのへんは、今回と、同じようなやり口やったんやな」

神魅丸らは、人々の憎悪や恐怖をかきたてた。それが呪いを生む強烈な力をなると計算してのことである。さらには、妖怪を殺し、拷問して、妖怪からも苦痛や憎悪をしぼり出した。

「……よくもそんな！」

怒りのあまり、蘭の周囲が凍りついている。

しかし、怒りをあらわにしているのは神魅丸も同じこと。さらに、恨みまで重ねているから、発する気配はより凄まじい。周囲の床が、じくじくと腐りはじめでもしそうな瘴気《しょうき》を発している。

「……そうして　ためこんだ負の想念を利用して、みどもは、六道合一の儀式なしとげようとしたのよ。あと一歩で、この世から妖怪を放逐《ほうちく》し、ついでに、我が思うままにこの日ノ本の国を作り直せるところであったというのに……あのクソ天狗めが！」

輪廻転生《りんねてんしょう》の道を開き、魂を生まれ変わりの先の別の世から呼び戻したり、あるいは魂を引き剝《は》がして別の世に送りこむ、陰陽道に伝わる、幻の奥義というべき術だ。

神魅丸は、それによってあらゆる妖怪をまとめて地獄に送り込もうとしたのである。

だが、その企みは、妖怪を守ろうとする妖怪と、協力者である人間に阻止された。

善の妖怪たちの中でも、神魅丸と一騎討ちで戦い、倒したのが、白羽さまの父である、天狗総大将の僧正坊だった。

「みどもの魂は、七年前に、六道合一の儀式に使うために用意した、六芒星の妖術陣図にばらばらにされてほうり込まれた……」

いま、ここにあるものと同じ、妖術のための陣図である。

それは、六道に対応した生贄を召喚し、その恨み辛み憎しみによって、六道への通路を開く、恐ろしい妖術の仕掛けだった。

激しい戦いの末に、神魅丸とその一党は倒された。神魅丸の魂は、六つに引き裂かれ、それぞれが六道に送られて、神魅丸は滅びたものとされた。

ちなみに、この事件で大妖怪たちは妖力を失い、そして、代わって妖怪を守るために、千槍組のような〈妖かし守り〉が組織されたのだ。

だが、神魅丸は死んでいなかった。

「常人であれば、魂が砕かれれば、そのまま消える……」

思い出も何もかも分割され、人格を保つことなど、不可能だ。

だが、この神魅丸は、どんな妖怪よりも化け物だった。

六分の一にされてもなお、おのれをおのれのままに貫き通したのである。

彼はいまも神魅丸だった。

少なくとも、ここにいる六分の一は、なおもおのれの目的を貫き通そうとしている。

「分割され、地獄道や餓鬼道に送られたみどももおるがのう、人間道に落ちたみどもが、魂のうちでも、六道合一の儀式を覚えている部分であったのは不幸中の幸い……」

鏡に映し出された、神魅丸の記憶が、彼のたくらみや、儀式の仕組みを解き明かしてゆく。もっとも術の仕組みのほとんどは、妖術についての知識がない千槍組たちには、理解できぬものであった。

ともかく、これはこの世に対するあの世につながる、いうなれば門を開けるものだ。

それには複雑な段取が必要だった。

幾重にも、憎しみと嘆き、恨み辛みを積み重ねるのだ。妖怪たちに人間を殺させ、その身に、負の想念を染みつかせる。その妖怪を、誰かに殺させる。そうすると、妖怪に染みついた怨念と、殺された当の妖怪の恨みが、殺した者に取り憑く。

憎悪をぐつぐつ煮つめて、悪意の塊を作り、それを背負わされた者を、この陣図は、空間を越えて招き寄せる。いま、そうやって呼び寄せられたのが、千槍組の面々だ。

つまり、里の民から妖怪、妖怪から千槍組へと憎しみを積み重ね、六道合一の妖術を働かせる根源の力とする仕組みである。

ただ、神魅丸が望んだようになっていないのは、千槍組のみなが、憎悪をあおられはしなかったことだ。倒した相手の憎しみを受けて、より深い憎しみの淵《ふち》へ落とすことが、この術の肝心なところなのである。

ぐるぐると渦巻き、あるいは燃えたぎる怨念こそが、異界への扉を開く鍵となる。

だが、千槍組は、そのような負の感情を、きっぱりそぎ落としてしまっている。

そうしてようやく、鏡は、記憶を映し出すのをやめた。

記憶を改変する妖術が、ようやく終わった。

改変すべき場所はなく、ただ再現が行われただけである。

本来は、忘れたいような忌まわしい記憶を表に引きずり出し、よりいっそうおぞましい思い出に改悪するのが、術の過程だ。その厭な思いに耐えかねて、術をかけられたものは、おのれの心を真っ白にしてしまう。

この空白につけこんで、目標を絶対忠実なしもべに仕立てる術だったのだ。

だが、術者当人を映し出したので、いまはただ、彼の過去を、いあわせた者たちに知らせる術にしかならなかった。

「……すべてを知られたからには……きさまら、決してただではおかぬ。なぶり、苦しめ、絶望させて、みどもへの怨念をしぼり出し、六道合一の生贄としてくれる」

「できるもんかい。糸で縛られ、もう動けもしないじゃないか」

蘭が、あきれ声で言った。

「いいかげん、あきらめたらどうなのかねえ。なんでそこまで、いびつになっちまったのさ」

お漣が、さらにたたみかける。まったく容赦がない。

「みどもを、甘くみるな……っ！」

邪悪な陰陽師神魅丸の魂を宿した若殿の顔は、羞恥と怒りによって、どす黒いほどに染まっている。

おのれの人生、一度たりと思うがままになったことなどない——いまのあるがままに満足することを知らず、ただ、よりよき自分がどこかにあるはずと、求め続けた男が、いまはさらに魂すら六分の一となって、ここにいる。

「みどもの魂は六つにひき裂かれ、輪廻の渦へほうり込まれた。人道にほうり込まれたわしは、身体を捜して彷徨《さまよ》った。わしの魂を受け入れる器を感じて、もとの魂を押し出してみたら、このような年端もゆかぬ子供でしかなかったと気づいた気持ちが、そなたらにわかろうものかよ！」

僻みもきわまった怨念の声だ。

「ていうことは、若殿さんはあんたの生まれ変わりってわけじゃないんだな。本当の魂は、どこかにいるんだな」

蘭の冷たい声の指摘に、おお、と徹之進が安堵の声をあげた。

「そうか……！　ただ、取り憑いておるだけか……。そして、おのれを追い出す方法を教えてやると、内膳さまを騙したのか！」

「そうであるとも。天道の口を借りて、騙してやった。六道合一の儀式で、元の魂を呼び返さねば、この肉体についたモノが、この藩をめちゃくちゃにするであろうとな。他人の手でやらせるか、おのれが手を汚すか。そう言うたら、自分の手を選びおったわい」

「……お漣どのたちが申された通り……。恐ろしいのは人間のほう、ということもあるのでござるなあ……。おのれ、怨霊！　殿を返せ！」

さっきは蔑むのみと言った徹之進だが、ここまで聞かされては、顔にも声にも憎悪の気配がにじみ出ている。

「すごむのはいいがな。返さぬと答えたら、そなた、なんとする気だ」

神魅丸が、からかいの声で応じる。

「知れたこと……ッ?!」

と言いかけて、徹之進が言葉に詰まった。実際、どうしようもないのだ。斬ったところで、神魅丸が死ぬわけでもない。若殿の、肉の身体が死ぬだけなのだ。

「わたしの木刀は妖怪樹だからな。うまく打ち据えれば、怨霊だけを……」

蘭が、おのれの武器をじっと見つめて言った。

「やめときなって。危なすぎるよ。蘭じゃ、修行が足りてないかもしれないねえ。ここは、お輪に縛ってもらったまま、僧正坊さまにお願いして、なんとかする方法を調べてもらうしかないんじゃないかい」

と、お漣が言うと、神魅丸が、ぐぬふふふと、大きく笑った。

「せぬでもよい、せぬでもよい。このような体、もういらぬわい」

そう神魅丸が言った。その時、消えかかっていた桃色の光が、ぎらぎらと強く輝き、渦を巻きはじめたではないか。

「ふふ、完璧な六道合一でなくとも、おまえらを打ちくじき、この里を恐怖で満たすだけなら、充分な憎悪、怨念は既に足りておる。愚かな妖怪どもが望んだ、楽園には多少足りぬが、それもおいおい、なしとげられようぞ」

「おやまあ。まるで、本当に楽園を作ってやるみたいに言うじゃないのサ」

「作ってやるつもりだとも。あらゆる人間に、妖怪を憎ませるのに必要だからな。すべてが滅ぶ前に、ひととき、愚かな妖怪どもが快楽を貪《むさぼ》るのを見て、みどもを楽しませてもらおう」

自分以外のすべてをバカにしきった声で、神魅丸が応じた。

「楽園は無理だが、扉が開けば、残るわしの魂が五つ、ここに集まる。そうして力を取り戻したなら、もう一度、今度こそは完璧な六道合一をやってのけよう。もともと、わしがなそうとしたのは平穏な人の世を作ること。六道合一の儀式にて、おまえらおぞましい妖怪をすべて地獄に送りこむことよ！　さすれば、みなも、みどもの力を認めよう！　そうならぬなら、滅ぼすまで」

「……わがままな子供か、おまえは！」

蘭が叱責すると、神魅丸は、若殿の肉体に、無邪気な笑みを浮かべさせた。

「うん」

うなずかれて、一同が絶句する。

次の瞬間、その無邪気な笑みは消えて、おとなの不敵な笑みが取ってかわった。

それぞれの六芒星の、怪しい輝きが強くなる。

天人畜生修羅餓鬼地獄。六つの世界への門が開こうとしているのだ。

「心地よいぞ、おまえたちの憎しみ……」

神魅丸が言うと、それぞれの六芒星から妖光が伸び、天井を透き消して、空を見せた。分厚い雲中に渦巻く、怪しい光の中に、恐ろしい光景が浮かび上がった。

地獄で凄惨きまわりない責めを受ける亡者《もうじゃ》の群れ。

汚物をすすり、互いを喰らい合う餓鬼たちの姿。

永劫の戦いに明け暮れる修羅の巷《ちまた》。

「いけねえ！　このままじゃ、海比呂の里が、地獄や修羅の国に変えられちまいますぜ！　けど、どうやって閉じたらいいものか」

　あせった顔で、黒丸が叫ぶ。

「それより前に、あたしらが巻き込まれるよ。……止めるには、若殿さんの身体ごと、神魅丸を倒すしかないかね」

　お漣が舌打ちをした。

「そ、それはしかし」

　徹之進は呆然とし、さしもの茜も凍りつく。

　そのようすに、神魅丸は、愉快そうな笑みを浮かべた。

「この身を殺せば、みどもが止まると思うか、それはどうかなあ」

　神魅丸の笑いに、お輪と蘭は、怒りをあらわにした。それがまた、神魅丸を喜ばせる。

「おまえらが憎めば憎むほど、六道をつなぐ通路は広くなるのだ。そうだ、一気に押し広げる手があったわい。このあたりには、泥田坊や修羅の樹、化け鯨に弥三郎婆の怨念もただよっておる。妖怪の楽園などという甘言にたぶらかされたおのれを悟って、みどもを憎んでおろう。その怨念を我が力に……」

　神魅丸は、図に乗っていた。

ここにもう一人、彼のもくろみに逆ねじを食わせることが可能なモノがいることを忘れていたのだ。

彼の真実を知らぬまま、したがっていた部下が、まだ死にきっておらぬことに、さすがの神魅丸も気づいていなかった。

神魅丸の危難にそなえて死んだふりをしていた。いや、ほぼ死んでいて、このまま滅して、いずれ呼び返してもらえばよいと動かずにいた。

その妖怪が、神魅丸の真実を聞かされて、ついに怒りではじけたのだ！

「怨念ならば、いますぐ、きさまにぶつけてやるわいッ！　ええいッ！　まさか、このわしまでが騙されておるとはのうッ！」

弥三郎婆の、巨大な狼の首が、毛を逆立てて浮かび上がった。

憎悪に目をぎらつかせ、本音を吐いた神魅丸を睨みつける。操られた内膳を小馬鹿にしていた分、おのれも同じとわかった時に、怒りが燃えあがった。

念ずる力こそ、妖怪の生命を支えるもの。

首だけとなってもなお動くほどの力をふりしぼったのだ。

その弥三郎婆のようすを見て、お漣が、はっと気づいて言った。

「徹之進さま、怒りで刃を振るいましたね！」

お漣の指摘に、徹之進は、はっとして清流丸をあらためた。本来なら、浄化の水をほとばしらせて、弥三郎婆の肉体を、まるごと流して消し去っていたはずなのだ。

だが、首が飛んだだけで、消えはしなかった。滅びていたなら、他の眷属の狼たちのように、その身はすべてが塵に還っていたはずである。

そうなっていなかったのは、まだ弥三郎婆に、生命力が残っていたからだ。

「娘ご、そなたの父を馬鹿にして悪かったのう。なんとも呆れたことに、本当に騙されておったのは、わしらじゃったわい。おのれ、陰陽師めッッ！」

首だけで空を飛び、怨念の塊となった弥三郎婆が、神魅丸に迫る。

「しようのないヤツよのう。いかに年を経たというても、たかが妖狼の牙ごときが、みどもに通用するつもりか！」

神魅丸が、吉延の身体を操り、その指に複雑な印を結ばせる。すると、その全身が、青白く輝いた。

「ちょうどよいわ！　こやつらが……」

と、千槍組と徹之進、茜のことを吐き捨てるように口にする。

「……みじめたらしく、みどもと世の中を呪いながら死んでゆくよう、その怨念を刈り取って六道合一の術の陣図にそそぎ込むために、わしにその身を貸せい、弥三郎婆！」

若殿の肉体すべてから発された青白い輝きが、胸のあたりに凝り固まってゆく。それはすぐに、青白い火の玉となって、糸で縛られた肉体を抜け出した。

「縛られておるのは、生身のほうだけよ。みどもの本来の魂を縛ることなど、おぬしごときにできるものかよ！」

あざけられ、お輪の本体である糸車は、怒りにくるくる激しく回転した。

だが、糸車の付喪神が繰り出した妖怪糸は、魂だけとなった神魅丸を、捕らえることができない。勝てぬのが事実であるから、嘲笑に反論もできぬ。

青白い火の玉は、おのれに迫る弥三郎婆の狼頭を迎え撃った。

迫る狼頭は、つのる怨念によってか、人間を丸ごと一呑みにできそうなほど、大きく膨れあがっている。

「おのれ……！　おのれ！」

恨みの言葉を吐き散らし、妖狼の親玉は、ついさっきまで主人であった神魅丸の魂を噛み砕こうとした。

「馬鹿め！　それが獣の浅知恵だ」

だが、呑みこまれることこそ、神魅丸の望むところであったのだ。

青白い火の玉は、みずから弥三郎婆の大顎《おおあご》の中に飛びこんだ。神魅丸の魂が、今度は、妖怪の肉体を乗っ取ろうとしたのである。

次の瞬間、狼頭の動きが止まった。

獣の瞳に、すさまじい苦痛の色が浮かぶ。その内部で激しい闘争が行われていることがうかがえた。だが、その戦いはごく短い時間で決着を迎えた。

狼頭の額《ひたい》から、緑色の火の玉が叩き出された。色が違うのは、人間ではなく獣のものだからか、あるいは妖怪のものだからか。

緑の火の玉は、なんとか、直前までのおのれの肉体へ戻ろうとした。だが、狼頭全体から、薄桃色の稲妻がほとばしって、はじき飛ばされてしまった。もはや、飛ぶこともできなくなった緑色の弥三郎婆の魂は、茜や徹之進がいる六芒星のほうへ、ふらふらと落ちていった。

六道のうち、畜生道へつながる通路と化した、妖術の陣図だ。

怪しい桃色に光る陣図に触れた途端、緑の火の玉は、引きずり込まれるように動いた。一瞬、あらがいはしたものの、すぐに消されてしまった。魂が、強制的に、畜生道へと転生させられたのである。

妖狼老婆の、あっけない最期だった。

そして、肉体を乗っ取られた弥三郎婆の魂が、畜生道に落ちた直後。

畜生道と、この人間道がつながった通路をくぐって、弥三郎婆と入れ替わるように、また別の青白い炎が、ぽっと六芒星の中に浮かんだ。何かに押し出されたかのようだ。

弥三郎婆の魂と入れ替わりにあらわれたのは、色からして人間の魂である。

「おお！　獣相食《あいは》む別の世から、我が魂のひとつが還ってきたのか！　まだ術をほどこす前だというのに、さすがはみどもの魂じゃ！　引っ張られなくても、みずからあらわれるとは」

神魅丸が、歓喜の声をあげる。

千槍組と仲間たちは戦慄した。無力な若殿の肉体を捨てて、首だけとはいえ強靭な妖怪の肉体を乗っ取った神魅丸だ。その牙で、千槍組の面々を噛み裂くつもりだった。魂を取り戻せば、さらに恐ろしい霊力をふるい、千槍組たちを苦しめるだろう。

「そのようなことを、させるわけにはは！」

近くにいた徹之進と茜は、とっさに、新たにあらわれたばかりの、青白い火の玉を捕まえようとした。

だが、その手は、むなしくすりぬけられた。

「ただの人であるおまえらに、魂を掴むなど、できるわけがなかろう！」

神魅丸が、狼の口から発する声で、ふたりをあざけった。

だが、徹之進も茜も、ぼうっと聞き流している。何か、奇妙な表情だ。ほかの言葉に耳を傾け、神魅丸の嘲弄《ちょうろう》など耳に届いていないようだ。あっけにとられて、火の玉を見送っている。

青白い火の玉は、ふわりふわりと、若殿の肉体へ近づいてゆこうとする。神魅丸には向かわないようである。

そのなりゆきの奇妙さに、勝ち誇った神魅丸は気づかない。

これから、魂を異界から取り戻そうとした矢先に、もう戻ってきたと、思い込んでいるのだ。自分に自信がありすぎる。

「よかろう。まずはその畜生道から戻った魂を取り戻し、さらに霊力を増やして、この牙でおまえらをなぶり殺しにしてくれよう。その苦しみの念で、さらに他の通路も開いて、すべての魂を取り戻す！　おまえらになすすべはない。すべての魂が戻れば、妖怪をまとめて地獄送りにしてくれるぞ」

神魅丸は、千槍組をいたぶるつもりで、これから自分がすることを告げる。止めようもないと、高をくくっているのだ。

この海比呂を揺るがした事件のすべては、天、修羅、畜生、餓鬼、地獄に、分割され転生した、神魅丸の魂を取り戻すため。つまり、陰陽師の怨霊が、生前の霊力魔力を取り戻すために、妖怪も人間も、欺《あざむ》きまくった茶番劇《ちゃばんげき》だったのだ。

「人道に転生し、それをきわめた魂がみどもなり。人の道は欲の道。みな、おのれの欲に溺れただけにすぎぬ。さて、畜生道に落ちていた我が魂は、何をどうきわめたかのう。それを知れば、また新たな知恵と術を授かるだろう。分割された六分の一のまではあるまい！　今すぐ行くぞ、我が六分の一よ！」

風を巻いて、狼首が、青白い光のもとへ飛んでゆく。

「させるものか！」

その前に割りこんだのは、蘭だ。

霊力を宿した木刀で、飛翔する狼頭を叩き伏せようとする。

だが、神魅丸はその霊術で、さらに狼頭を巨大化させた。人間を一呑みにできそうなほどの大きさだ。

蘭をも圧倒する巨大さになった狼頭が、勢い任せに激突し、蘭を嚙み砕こうとする。

それを防ぐは、妖怪樹の木刀。

牙と木刀、ぶつかりあって、かっと鋭い音、響く。

蘭のその身が跳ね飛ばされる。なんと、霊力をそなえた木刀にまで、ひびが入っていた。

「邪魔するな！」

そのまま、とどめを刺すこともできたかもしれないが、神魅丸は、蘭を無視した。いまはまず、残る魂の六分の一を喰らうことだ。そうすれば力はさらに倍になる。

「させないっていうのさ！」

お漣が、無数の銃を召喚した。この狭さで、幽霊船を呼ぶわけにいかぬ。仲間も、もろともに押し潰される。

ならばこの手だ。腕はまだ戻っておらぬが、神速だ。とっかえひっかえ、連射される銃弾が、雨のごとくに神魅丸の宿る狼頭を襲った。一瞬、狼頭の動きが止まった。だが、次の瞬間、銃弾のことごとくが、はじき返される。

また変化したのだ。

驚いたことに、毛皮のあちこちが、鋼《はがね》の甲羅《こうら》に変じていた。

「ひょほほほ。みどもは五遁術《ごとんじゅつ》もきわめておる。金行《ごんぎょう》を以《も》って甲羅と為す、鎧《よろ》え！」

重ねて口訣《じゅもん》を唱えると、さらに、その姿が完全な鉄の狼頭と化すではないか。これには銃も通じまい。

「……あかん。許さへンで」

ようやく、お輪は、吉延公に巻きつけた糸を解き、おのれを生んだ娘の肉体の、その心の臓がある場所に、我と我が身たる糸車をすっぽりおさめていた。

新たに糸を繰り出すには、妖力の補充が必要で、それには肉体に戻る必要があった。

「うちが……止める」

お輪が糸を繰り出した。今度の糸は、さらに妖力をこめて強靭だ。魂だけなら縛れぬが、狼頭に入った今であれば……！

「いいや、止まるわけにいかぬなあ」

頭そのものは、だが。

大きく開けた口から、長い長い舌が伸びる。青黒く腐ったような色のその舌が、ふわふわと若殿の身体を目指して移動していた青白く光る魂に巻きつき、そして口の中へと引きずり込んだ。

「なんでもありかよ！」

黒丸が、絶望の叫びをあげた。力を使い果たしている彼は、これまでただ見ていることしかできなかった。

「いいや、まだでござる！」

徹之進が励ましの声をあげ、茜がうなずいた。

その二人の声など、耳に入らぬようで、歓喜の声の、狼頭に入った神魅丸。

「ひょほっほほほほほほ！」

高笑いをあげて――。

だが、その笑いが、すぐに止まった。

食いしばられた顎から、白い泡がふきこぼれる。

「な、なんだ、これは！　違う！　これは、みどもの魂では……ない！」

狼頭が、ぐにゃりと歪んだ。ぼこぼこと泡立つように、その脳天が膨れあがってゆく。どんどんと大きくなり、ついには――破裂した！

そこから飛び出した青い光は、後から狼頭に入り込んだほうだ。今度は、吉延公の肉体に飛び込んだ。ぴくり、とその身体が動く。

「そうか！　あれは！」

黒丸が叫び、徹之進がうなずいた。

「あれは、我が殿でござる！」

「父上が導いたのだと！」

茜が続いて叫ぶ。

先ほど、出現直後に触れたその時に、彼らはそれを悟っていた。

神魅丸は、その若殿の魂を、分裂したおのれの一部と勘違いして呑みこんだ。そして一体化しようとしてしくじり、肉体を離れての放浪で強さを増した若き魂によって、のっとった狼頭とのつながりさえ断たれてしまったのだ。

これで狼頭は、しばらく動けない。

「あの野郎、勘違いしやがった！　あねさんたち、本物の神魅丸の魂とやらまでが来ねえうちに！　いまですぜ！」

黒丸が満面の笑みで、ぽんと手を打ち鳴らし、あたりにあふれる、白い羽。

「わかってるよう！　ここが千槍組の見せ場さ」

お漣、蘭、お輪、三人の姿を、舞い散る白羽が覆い隠す。その羽が、地へと落ちるその前に、闇へと溶け去り消えはてて。

お漣のくちびる、真紅に鮮やか。勝利の微笑み。

蘭の右目、宝玉の蒼。断罪の瞳。

お輪の胸から、響く音。明日へとつながる、希望の糸。

黒丸、闇にひそみて、美女らを見守る。

三人の美女の髪に、白い羽が変じたかんざしが刺さっている。それが、真っ白な光を放った。光の線が、神魅丸に突き刺さる。

一声、苦痛の呻き。

呻きがきっかけ。見とれていた徹之進、茜が我へと返る。

「そうだ！　蘭どの、これを！」

とっさに、徹之進が、清流丸を腰から抜いた。投げられたそれを、蘭が受け取る。

ゆっくりと蘭がそれを抜き放つが、まず先陣を切るのはお輪である。

狼頭を捕らえた糸が、ぎりぎりっと引き絞られる。鉄と化した身にすら、喰いこんだ。

「……さあ、お仕置きや」

「おい！　おまえはその身体に、本物の魂を呼び返したいのではないのか。みどもに手を貸せば、なんとかしてやるぞ！」

神魅丸のその言葉に、糸はますます深く喰いこんだ。

「うちが借りてるこの身体のおねえちゃんはな、弱いモノを守るために死ぬことも怖がらんかった人や。何もかも踏みつけにするようなやり方で、魂が戻ってくるわけはない。ねじけた心のおまえは、その身体もねじけとき！」

お輪の糸が波打った。

「ひぎいいっ」

顎の先、鼻面、耳、さまざまな場所が、喰いこんだ糸に引っ張られねじられ、身動きとれぬまま、狼頭に取り憑いた神魅丸が、床に叩きつけられる。

「お、おのれ、この程度の糸などすぐにひきちぎって……」

負けなど認めるわけもない神魅丸だ。

体毛を、すべて刃物に変えて、いましめから逃れようとする。

「そうはいかないねえ」

お漣の、金に変じた瞳が、神魅丸を睨みつけていた。

彼女の失われた腕は、さきほど、白い羽に包まれて妖力を補充した時、元に戻っている。そしてお漣は、小脇に大きな金属の筒を抱《かか》えていた。

抱え大筒、である。つまり、個人用の大砲だ。

ずかずかと、お漣が近づいてきた。

「あたしゃ、西洋の幽霊船なんてものに憑かれて、えらい目にあってるさ。できりゃあ、地獄へ戻ってもらいたいよ」

「そ、そうであれば……」

言いかけた、横倒しになった狼頭の口に、お漣は、抱え大筒の砲口を突っ込んだ。

「あぐ……」

「だけどねえ……」

お漣は、がばっと着物の裾をまくりあげ、太ももまであらわになった右足を振り上げ、狼頭を踏みつけた。ごりごりっと牙の間に、抱え大筒をねじこんで固定する。

「けど、妖怪だからってそれだけで、誰もかれもいっしょくたに、恨み辛みを叩きつけようなんて、そんな真似は、許せやしないのサ！」

抱え大筒の火縄に着火して、素早く、お漣は身をひるがえした。

神魅丸は、即座に、抱え大筒を吐き出そうとしたが、とうてい間に合わない。

火縄は一瞬で燃えて。

破裂、爆裂、炎が膨れ、狼頭が粉々に四散する！

「ひいいいいい」

中から青白い光の球体、神魅丸の人魂が飛び出した。悲鳴のような思念を撒き散らしている。

「ちゃんと正面からあたしらと戦って、やっつけてから、人魂を取りにいきゃあよかったんだよ。あせっちまうのは、野暮のきわみってもんサ」

けらけらと、お漣が嘲笑を浴びせる。

それが神魅丸には、何より屈辱だったろう。

「お、おのれ！　では、今度はおのれの身を寄越せ」

真っ赤なお漣の口もとへ、おのれ自身をねじこんでくれようと、勢いつけて突き進む。

その神魅丸の魂の行く手に。

冷ややかな風一陣。

「大事なわたしの木刀に、よくも傷をつけてくれたな。あと、鏡の破片で着物も破れたぞ」

蘭の、胸もとの谷間があらわになりかけている。

「わたしは、細かい理屈はつけぬ。とにかく、おまえに腹が立つ。腹立たしいが殺しはせぬ。……清めてやろう」

蘭が、清らかな水のほとばしる霊刀を正眼にかまえる。まさに達人の身ごなしだ。

「殺すのとかわらぬわいっ！」

神魅丸は、いまは魂だけだ。

そもそも、若殿の体内にいれば、千槍組は、手出しのしようもなかったのに。神魅丸は、おのれの失策を悟ったが、もう遅い。

若殿の肉体を目指すが、蘭は速い。

「蘭さま……！　お願いします！」

茜の祈りの声が、蘭の太刀筋にさらなる鋭さを与える。

声なき気合いとともに、蘭が振り上げ、振りおろすそれが、まるでひとつの動作のように途切れなく。

尾を引いた水滴がきらめいて、縦の虹が生まれる。

虹が、青白いおぞましい火を二つに割った。

人魂、両断。

ほとばしる清流丸の水しぶきに、恨みの炎も消されてゆこうとする……。

だが！

「まあだだぁ！」

神魅丸は、最期に、千槍組を道連れにせんともくろんだ。既にわずかながら開いた門から、地獄道の業火《ごうか》を、餓鬼道の疫病《えきびょう》を、修羅道の破壊の気を、呼び込んで襲わせようとする。青白い魂の火が、すさまじく燃え上がり、拡大した。

が、動じる千槍組ではない。

乱れた裾を戻し、凛とした姿勢と声で、お漣が仲間ふたりに指示を下した。

「やるよ、蘭、お輪。千槍組の総仕上げ」

お漣が、髪に飾られた、白い羽のかんざしを抜き放つ。

「……指図をするな。我らは同格だ」

不機嫌に言いつつ、蘭もまた、白い羽のかんざしを、根結いにした髪の根元から抜く。

「……細かいことはええから、息を合わせてや」

お輪が、抜いた白い羽のかんざしを持った右手を大きく振りかぶった。

お漣と蘭も、同様に。

その三人の足もとに、地獄道から呼び出された、高熱の毒煙が忍び寄り……。

「……千本かんざし、槍華《そうか》の型や！」

号令したのはお輪。

三人同時。まったく同じ動作で、かんざしが投げつけられた。

「その程度のもの……！」

かわせばすむ。かわせなくても、威力などない。

と、あなどっていた神魅丸の目前で、三本のかんざしが六本に、六本が十二に、十二が二十四、四十八、九十六と分裂して。

あっという間に千をはるか越える数になった。直線ではなく弧を描き、あるものは真上、あるものは真後ろ、四方八方十六方、逃れようもない神魅丸の火の玉を押し包む。

「おのれぇぇぇ！」

怨念の声を発したとて、もはや遅い。

白い羽を模したかんざしは、白羽丸さまとその父僧正坊の、封じの呪力がこもった妖幻の呪具。それを無数に突き刺されては、もはや神魅丸、逃《のが》れようもない。

（だが……わしの魂は……あと五つある。こたびは失敗したが……きっと、天地修羅餓鬼畜生の世で力をたくわえ、この人道に戻ってくるからな。そうして、妖怪どもを討ち滅ぼしてくれる……）

憎悪に満ちた思念が、あたりに広がってゆく。

「てめえのは魂なんて上等なもんじゃねえ。ただの怨念だ。消えちまえ！」

まっこう怒りの言葉を叩きつける蘭の、その声の響きが、闇に吸われぬうちに、無数のかんざしは一点に集中して、その瞬間にぎゅうっと縮んだ。

次の瞬間、それは小さな針玉のごとくなって、床にころがった。

それにともなって、這い出ようとしていた地獄道も餓鬼道も修羅道も追い払われ、瞬時に、元の遠い別の世へ戻されてゆく。

六芒星からあふれていた、桃色の妖光が——ふっ、と消えた。

陣図も、消える。

「おお！　戻った」

徹之進が、歓喜の声をあげた。

妖術の陣図が消えた、というだけではない。もう、ここは広くはない。

あたりは、ごくふつうの広さの、城の部屋に戻っていたのだ。神魅丸の妖術が完全に敗れて、この海比呂の里から、魔の力がすっかり失せた証拠であった。

そして、本来の、少年の魂が戻った若殿は、乱れた布団の真ん中で、すうすうと安らかな寝息を立てている。

「……父上さま？」

その若殿のかたわらに、主君をあるべき場所に送り届けた、老いた武士の姿を見たのは、茜だけであった。

「これにて、千槍組は、白羽一座に戻りまする。ご見物の衆には怪我などございませなんだか。まことに、ありがたく存じまする」

千槍組、三人美女の戦いを見守っていた黒丸が、粛々《しゆくしゆく》と、仕舞いの口上を述べた。

いざとなれば使うつもりであった、我が身と引き換えに敵を滅する大呪文の札は、こっそりと、誰にも気づかれず、黒丸のふところへと仕舞われていった。

● 終幕 ●

決戦の日から、五日の後。

朝まだ早い、海比呂藩の、南の国境《くにざかい》で、千槍組の面々は、徹之進と茜に別れを告げた。

「どうしても、行ってしまわれるのですか」

茜が、名残惜しそうな顔で言った。

御山奉行所の管轄である、間道《かんどう》だ。関所は通らないが、徹之進が手配した、特別の通行手形があるから問題はない。

その徹之進は、泣きじゃくって言葉にならない。千槍組との別れが、よほど寂しいものであろう。

お漣は、恋は冷めたのか、おちついた顔で、茜に向かって言った。

「ありがたいお言葉でございますがね。これ以上、あたしらがとどまっていても、何もするこたぁ、ありませんからサ」

この藩にやってきた時と同じく、大八車に積み上げられた荷物の上に腰掛けている。

蘭は、大八車のかたわらだ。

「妖怪の楽園、などという甘言に惑わされて迷いこんでくる者たちも、ひと通りは片付いたし、な」

そう言って微笑んだ。

既に倒した者たちのほかにも、けっこうな数の妖怪が、海比呂に入り込んでいた。それをこらしめ、説諭して、人と関わらぬ場所へ追い払うのが、この五日の間に、千槍組がやってのけた仕事だった。

「それに、化け鯨の出現や戦疋狼の跳梁で、この国の人々はすっかり妖怪を恐れるようになってしまったからな。アマメハギも、この里を離れたことだし、わたしらが居座っても、ろくなことはあるまい」

蘭の顔に、苦衷の色が浮かぶ。

お輪が、くすっと笑った。誰もが深刻にならぬように、からかいの声をあげる。

「大丈夫か、蘭ねえやん？　まだ、心の傷が痛いんか？　やっぱり、あいつの術にかかってたんやろ？」

「何を言っている。何度も言っただろう。わたしは、かかったふりをしていただけだ。

あいつの陰謀を見極めるためにな」

大八車の後ろに座ったお輪が言うと、蘭はぷいと顔をそらして、ぶっきらぼうに言った。もちろん、嘘である。

「……そういうことにしといたるわ」

お輪も、さすがにかわいそうになってきたらしい。鉾《ほこ》をおさめた。

「ま、なんにしてもですな、おっつけ白羽丸さまから、新しい指令がきますますからな。やることやったら、ぐずぐずのんびりってわけにもいかねえんでさ」

その白羽丸さまである黒丸が、大八車の引き手を持ち上げた。

「お輪ちゃんは、本当に心残りはないのかね？」

「ない。うちらのことは忘れられたほうがええねん」

徹之進の言葉に、寂しさの欠片も見せず、お輪はうなずいた。

あれから、お栄たちの村のようすをこっそり探りに行った。お栄ら以外の村人は、妖怪の恐ろしさを、大げさに語っていた。

すべての責任を引き受けて、立花内膳が切腹したと世には広められている。立花家は断絶となるが、茜は、それに後悔はないようだ。

「それじゃあ」

「お二人とも」

「幸せに暮らすんやで」

お漣と蘭とお輪が、口々に言って。

黒丸が、大八車を引きはじめる。峠の道を登ってくるその姿を見送って、徹之進と茜は、いつまでもいつまでも、手を振っていた。

「まあ、城下町に集まった人らは妖怪は怖いが、神さまにゃ勝てねえと思ったようですからねえ。ちょうどいい具合じゃないですかい」

「……なあ、にいやん。ばらばらになった、神魅丸の、あとの五つの魂も、どっかで悪いことをたくらんでるんやろか？」

「うーん。大丈夫じゃねえですか。地獄やら餓鬼道やらにいるらしいでやすからなあ。あんだけの儀式とやらをしないとつながらないところなら、気にすることたねえです。おや……あそこに飛んでるのは矢太秀じゃねえですか？」

「おお、白羽丸さまのお指図か！」

蘭が嬉しげに張り切り。

お漣が苦笑いをして。

お輪は、こっくり居眠りをはじめた。

妖怪と人間。この世へのあらわれ方も、そのありようも、まったく異なる二つの『心と知恵のある生き物』たち。

その二種類のはざまで、これからも三人の美女と一人の男が、旅を続けることであろう。

モノノケ文庫
KOSAIDOBUNKO

あやかし秘帖千槍組《ひちょうちやりぐみ》

2014年4月1日　第1版第1刷

著者
友野《ともの》 詳《しょう》

発行者
清田順稔

発行所
株式会社 廣済堂出版
〒104-0061 東京都中央区銀座3-7-6
電話◆03-6703-0964［編集］ 03-6703-0962［販売］ Fax◆03-6703-0963［販売］
振替00180-0-164137　http://www.kosaido-pub.co.jp

印刷所・製本所
株式会社 廣済堂

カバーデザイン
芦澤泰偉

ISBN978-4-331-61579-9 C0193